未读 | 纪实

UNREAD

养老院护工日记

[日] 真山刚 著
李奕 译

天津出版传媒集团
天津人民出版社

目录

第三章 说辞就辞的人和无法轻易辞职的人

前言

绝对无法想象的景色

有人说护工是就业的最后一道防线。

是求职无门、万不得已时才会选择的职业。

我经职业中心介绍，参加了一个为期半年的护工培训课程，并在结业后，于56岁正式踏入护理行业。同期培训的还有一位70岁高龄的同学，现在彼此仍在联系。

在此之前，我在设计公司干过，后来在建筑咨询公司当高管，还经营过一家环保材料的施工公司，也曾是两家居酒屋的老板，还在广告代理公司跑业务承接广告，甚至有段时间以卖画为生。

我也是几经失败之后，不得已才选择了这份工作。

鄙人不才，45岁之后才开始写小说，还有幸得了一个小小的文学奖*。虽然一直笔耕不辍，但都不尽如人意，很多作品中

---

* **小小的文学奖**：九州地区的文学奖。只是冲着奖金投的稿，没想到还侥幸得了个奖。某位在老家教写作的老师看了这篇文章后讥讽地说："虽然是个新手写的文章，但还没有人写过建筑工地的题材，所以算是物以稀为贵吧。"也许正如他所说吧。（本书脚注均为原书注，译者注或编者注放于各章章末）

途夭折了。

就在这时，我听说了这个“日记系列”。这些书的作者大都跟我一样，已过不惑之年。于是立马去买了前三本来看。

这几本书的字里行间渗透着哀愁、生活韵味，以及人类的坚韧与智慧。

我不由得想到我之前写的净是些纸上谈兵、哗众取宠的东西，缺少的不就是源自现实体验的“真实感”吗?

我大受启发，于是很想把如今这份工作中的“真情实感”表达出来。

我在培训班里获得的护工新人培训资格是厚生劳动省[1]认定的国家资格，相当于之前的护工2级资格。

在这个行业里，我干的是照顾老人的最基层的工作。入行才四年，作为半吊子新人要对护理行业评头论足，我还远远不够资格，但我还是想用自己的方式跟大家讲讲一线工作中的见闻。

其实护理行业远比大家想象的要更加艰难，这是一个肮脏、危险且辛苦的行业，再加上“收入低”，被称为“护理行业四大难”。

擦屎擦尿自不必说，还要照顾老人的日常生活起居，例如进食、沐浴和更衣。而且就算护工勤勤恳恳、殚精竭虑地工作，也会发生被咬伤，甚至被当作小偷的情况。

另外辞职率也高*。在职场中疲于应付纷扰的人际关系，或者因为腰肌劳损而辞职的人非常多。

可就算揭露了护理工作中的种种弊端，我还是会继续当我的小护工。

并非因为我在这份工作中找到了人生价值。我也将迟暮，只是觉得无论好坏，都可以从老人身上学到自己该如何安度晚年。

老人在这里的生活状态就是他们人生的缩影**，由此能见到这世上五花八门的生活方式。

我们这行素来缺人，一定有很多人在想，就算自己上了年纪，想要当个护工还是没问题的，只是有些畏首畏尾；但也一定会有人当即摇头说："肯定干不了。"也许那些已经身处护理行业，一边工作一边强忍着满腹牢骚的人会来看我写的这本书吧。

在与世隔绝的养老院里，日复一日地上演着悲喜交加的故事。

---

* **辞职率也高**：在我工作的养老院里，大概有八名员工，但平均每年有三人辞职。我工作的四年间已有十二人辞职。她们个个善良老实，只是在剑拔弩张的人际关系里无法自处吧。

** **人生的缩影**：在护理一线，会想象那些患有认知障碍症的老人曾经的生活方式。得病后，理性的束缚被解除，露出本性。我一想到万一哪天自己也变成那样就心神不宁。

关于护理的话题，在小说、电影*、随笔和漫画里层出不穷。或许你会觉得有些老生常谈，但在这本书里，我加了一些别开生面的内容。

我想大家看到最后时，或许多少能理解我为何会一直坚守着这个岗位了。

如果大家看完后能在心中留下某个故事**，继而对护理一线的真实情况和员工的工作现状有所理解，我便知足了。

---

* **电影**：《去见佩克洛斯的母亲》是一部乐观地面对认知障碍症的电影。其中扮演认知障碍症老人的赤木春惠（当时88岁）被吉尼斯认定为世界上最高龄的电影女主角。据说这部作品的导演在确诊身患认知障碍症之后也一直坚持拍摄。如果对护理工作感兴趣的话值得去看一看。

** **某个故事**：都是我切身经历的故事，书中出现的人物都用了化名。我现在是一名在职护工，所以对地点的描述也做了艺术加工。

译者注

1　厚生劳动省：日本中央省厅之一，相当于其他国家的福利部、卫生部及劳动部的综合体。

第一章

几经沉浮，沦为护工

某月某日

“手脚麻利点呀”：
护工是奴隶吗？

“干活儿要有条理。你小子，真是个外行。”

78岁的加藤老爷子以前是个水泥匠，他疾言厉色地在教我干活儿的基本要领。

当时他正仰面躺在床上，下半身全裸。加之尿失禁，隔尿垫里散发出浓重的尿臊味，充满整个房间。我也是当了护工之后才知道，尿臊味也会因人而异。

此时的我正拼命将浸满尿液的康复用内裤*和尿垫**从他屁股底下抽出来。

他的家人说，他是一个对别人要求十分严格的人。

“喂，真山，你倒是快点啊。”

他不按我说的把腰抬起来，所以我抽不出压在他身下的隔

---

* **康复用内裤**：用纸做的像内裤一样的尿不湿。多数情况下与吸尿用的尿片一起使用。稍不留神，有人就会偷偷地扔进厕所冲掉，马桶被堵后处理起来十分棘手。

** **尿垫**：放在尿不湿里，用来吸收尿液的类似无翼卫生巾一样的东西。日益改良之后，开发出长效吸收型、超薄型等各种商品款式。

尿垫。如果此刻任由他坐起来或者来回移动，就会弄脏被子。

“请将手臂这样举着，稍微抬一下腰。”

“你倒是早点说呀。”

真是的，我都说了好几次了。我在脑内暗暗抱怨。

终于他把腰抬了起来，而就在我抽出隔尿垫的那一瞬间，“噗”，他放了个屁，就在我的脸对着他屁股的时候。

一定是故意的。那一刻，我怒火中烧，但得假装若无其事。我能感觉到这个老水泥匠的嘴角挂着一丝轻蔑的笑容。

擦干净他阴部和大腿上的尿液，换上一张新床单，垫上尿垫，再穿上夜用尿不湿。在养老院里，绝对不能在他们面前说“尿不湿”，这是大忌。起码得说“内裤”。对老人家来说，尿不湿是小屁孩才用的东西，自尊心接受不了。

就在我帮他穿尿不湿的时候，加藤老爷子不停地喊“疼，勒得太紧了”，还肆无忌惮地说“你的头太臭了，有一股子石灰味”。

内心再次好好问候了这个尿床的老家伙，但不得不强压着脾气按他说的做，哪怕不对，也得假装服从。

这种时候，护工往往会自嘲，怀疑自己何时沦为了奴隶。

加藤老爷子还会毫不客气地在尿不湿里拉大便。我只要一进屋就能立马察觉到，然后不动声色地去开窗。

他立马就会劈头盖脸地骂：“喂，会有苍蝇飞进来。”

我就随便找个理由搪塞："为预防新冠感染，现在规定必须定期开窗换气。"

如果大便硬的话还好说，软的话处理起来就得花三倍的时间和精力。

而且还得侧着身子清洗阴部，擦干净后还得穿上纸尿裤。每个房间都备有更换尿不湿时所需的纸巾、卫生纸、报纸*、塑料袋、垃圾桶，等等。

在处理大便时，他会捏着鼻子皱着眉，那不悦的神情像是在责怪我，仿佛这一切是我造成的。

然而就是这么一位恣意放纵的老人突然间病倒了，没力气骂人了。消瘦下来的身子仿佛缩小了一圈。

跟他的儿媳妇说了近况，她忧心忡忡地望着公公沉睡的脸庞，说："看着这个不吼人也不扔东西的公公，就像是换了一个人，真令人难过啊。"

同事们都说："这个儿媳妇真不赖。"

加藤老爷子离过婚，但不知为何他的监护人是大儿媳妇，来探望的也只有她一人，从未听他提起过自己的亲生孩子。

事关个人隐私，就算我们是员工，所知的也不过是老人的

---

* **报纸**：会拿旧报纸来擦拭，裹住脏东西去扔。如果报纸上刚好印有我讨厌的艺人或是政治家的照片时，就用他们的脸去擦污秽，体会那一丝丝快感。我也觉得自己真的是俗不可耐。

病情和大概的经历。所以我也不清楚他与家人之间的关系如何。干了这行之后，我才意识到有各种各样的家庭结构。

至于加藤老爷子，我真心希望他能转去其他设备更齐全的医疗机构。可没过几天，我一进房间就听到：

“喂，空调太猛了。”

那嗓门大得完全不像是个大病初愈的人。

最终，他靠着打点滴和吃药就完全好了，又回到了肆意谩骂和失禁的老日子。

陪加藤老爷子用餐也是件十分头疼的事。他患有慢性病，握不住勺筷，但又不知为何不肯让别人喂，坚持自己吃，所以他的脚边总会撒落一地的米饭，还有味噌汤里的菜。

即便如此，他还不停地抱怨“这儿脏了，那儿脏了”。我只好一遍遍地清理，一旦手忙脚乱，他的情绪就会变得更加激动。

这老头太严于律人了。

当然，我也不可能像他儿媳妇那般对他。

急性子的人不适合干这份工作。我每天告诫自己：“我不是个急脾气的人。”

在担任建筑顾问公司的高管时，我点头哈腰*地应对政府部门的不合理要求，想方设法渡过难关；在经营居酒屋时，安抚醉酒后蛮横暴躁的客人；在广告代理店干销售时，整天对着客户低声下气，只为拼命地拿到一个八万日元的广告订单。

比起那些往事，现在的这些都不叫事。

是的，在养老院里，要时刻牢记“老人是上帝，员工是奴隶”。一如既往地认为这是工作所需即可。

毕竟他们也是人。虽然有些人很古怪，有些人很任性，但都不是牛鬼蛇神。

可在院里除了老人之外，还有另外一个人不得不服从。

她就是我的顶头上司，人称“嬷嬷**”的北村照美，一个57岁的离异女人。

我自诩也算是在社会中久经历练之人，但一提到她，还是会气得咬牙切齿。

可话又说回来，也只有北村才能驯服这个目中无人的加藤老爷子。

---

* **点头哈腰**：以前，无论对方是什么人，觉得工作时就得点头哈腰。对傲慢的客人阿谀奉承之后，晚上会在酒馆里跟同事大肆抱怨发泄一通。可是现在，就算一时情绪上头，对老人心生怨言，也不会再在背后说他们的坏话。也许我觉得他们就跟调皮的孩子一样吧。

** **嬷嬷**：日语写作“お局さま”。原本是对宫中或者江户时代负责管理侍女的女官的敬称。如今是指职场上掌权、特别唠叨的女性。在护理这一行中，就跟命中注定似的，每家养老院里必定会有一位嬷嬷。

就像是被蛇盯着的青蛙似的，只要她说一句：“加藤先生，你不能这样。”老爷子就会乖乖地回答：“知道了。”一招制敌。

下次有机会再来介绍这位在养老院里有着绝对存在感的女人吧。

某月某日

爱藏东西的老太太：

都不记得自己藏了东西

“光子老太太又把水煮南瓜给藏起来了。”

听同事说了好几回了。樱井光子老太太在吃饭时，经常偷偷把食物塞进裤兜里。

所以特地给她穿了没有裤兜的裤子，这次居然塞进了内裤。

93岁高龄的光子老太太有一头漂亮的银发，是一位身材娇小、温文尔雅的老太太，说起话来细声软语的。

“是时候回趟家看一看了，可是养老院的人不同意。怎么办呀，真山先生，你能替我回去看一眼吗？”

有次上夜班，我去她房里送药时，她用少女般的声音轻轻地问我。

好像她也问了其他同事，大家就此还专门开会讨论过。可是她的家早就被卖了，而且就在她住进来后的第二个月就被拆了。我们当然不会把实情告诉她。

光子老太太有许多诸如此类的可怜事。看着这么一个无助的老人，不由自主地想聆听她的故事。

在一线护理中，关于老人的过往，院方只会公布最基本的信息。不光是因为涉及个人隐私*，也是为了不让员工过多地掺杂进个人情感。

然而光子老太太会主动跟人讲自己的往事，姑且不论讲的是真还是假。

一旦发现她偷偷藏了食物，我们就会在她洗澡或者睡觉时，拿着手电筒悄悄去她房里找。因为怕她误吃了变质的食物引起食物中毒。

有一次，还在收纳盒底翻出了干瘪的酸浆果。估计是哪次带老人去附近的植物园参观时，她偷偷摘回来的吧。只是，不管是藏了吃的还是别的什么东西，她基本上都不记得。

据说有一次她在藏东西时被当场抓包，女同事责备了她几句，她的表情立马变得前所未有的可怕。

我无法想象那是怎样的表情，也不想看到。只是每当听她讲起往事，都或多或少能理解她为何会如此。

她说自己从小就被送去当养女[1]，受尽虐待。

---

* **个人隐私**：不只是入住老人的姓名、性别、年龄，甚至还包括肖像和声音。你或许经常能在养老院的宣传册上看到有入住老人生活的照片，那都是经过本人和家属同意的。

虽然与电影《萤火虫之墓》和电视剧《阿信》*里的主人公不同，但听说她要伺候一众兄弟姐妹就餐直到结束。

而且她分到的食物也只有大家的一半，常常吃不饱。所以同事们都认为她可能是从那时起就有了把多余食物藏起来的习惯。

她从不提起家人，也从未听说有人来看她。

她6岁时就要照顾还在吃奶的妹妹，天天背在背上。背上的妹妹经常尿湿她的后背。她半开玩笑半认真地说："被施肥灌溉了这么多年，个子却一点都没长。"

她还得洗尿布。那时没有洗衣机，她只能提着一桶冷水，边哭边用生满冻疮的小手搓尿布。

她说她在外面好几次都差点想把背上哭闹不止的妹妹扔下桥去，但小脑瓜里又立马想到自己会因此失去生计。

每当问她："那个妹妹现在怎么样了？"

她总是一脸漠然地说："可能已经死了吧。"

既要照顾孩子又要干家务活，所以她没念过小学。虽然勉

---

* **《阿信》**：被称为NHK频道最杰出的连续剧。阿信做过学徒、卖过鱼、当过美容师，换了很多工作，还经营了多家公司。我在看《阿信》重播时，特别羡慕她的忍耐力和才干。

强会一点加减法，但是不会乘法*，为此吃了不少苦头。工作时被克扣工资，还被骗了钱。

识文断字就更别提了。她说她第一次用汉字写下自己的名字“樱井光子”时，才觉得“自己真正成了自己”。

别人或许根本体会不到，但在义务教育普及之前，那辈人里不乏与她有相同境遇之人。

和我一样在职场几经颠沛流离之后当了护工的中年男同事常常感叹：“听了光子老太太说的那些事，我觉得我们还算是幸福的了。”

可他没干两个月就辞职了，好像是因为受不了院里的权威——北村“嬷嬷”的欺凌。

“每次穿鞋准备去上班的时候，脑子里就会突然冒出北村的脸，脚便止不住地发抖。我，真的干不下去了。”

最后，他留下这句话便辞职了。

北村照美才是我们养老院的掌权人。为了彰显权威，她会当众斥责员工**。据说言辞偏激，多为人身攻击。很多人辞职都

---

* **不会乘法**：就算在学校里学过，还是有很多老人不会算。在养老院里，为了预防老年痴呆，会通过计算来锻炼脑力，例如从100开始，依次减去7的计算。这算是比较难的题了，但是以前做过生意的人能轻而易举地完成。

** **当众斥责员工**：上司杀鸡儆猴般地斥责员工被视为权力侵害。那在养老院里，老人突然无缘无故地责难或是辱骂员工算不算是权力侵害呢？

是因为跟她不和。就连老板和院长在她面前也抬不起头来。

言归正传，有一天我上晚班，到养老院时，光子老太太的房间已经空了。据说是因为一个外地远房亲戚，她才突然搬出养老院的。

我们这家养老院既破旧又偏僻，比起其他的养老院绝对物美价廉。

离开了这里，她又能去哪儿呢？我们这些小喽啰肯定无从得知。

不由得想起她那孤独寂寥的模样，只愿她能过上一个普通人的晚年。

译者注

1 养女：日本的养女类似中国以前的丫鬟。

某月某日

不再全然相信他人：

表里不一的人

刚进养老院工作未满一个月，有一次值夜班巡房时，79 岁的中尾安子老太太朝我招了招手，她一脸神秘，小声地说："你来，我有个好消息，只跟你一个人讲。"

这是她第一次用这样的语气同我讲话，我便问道："怎么了？"

"我在我去的那家日托护理中心认识了一个朋友，她一直不满意自己住的那家养老院。"

我们养老院白天也提供日托护理服务，但她会去另外一家更大的养老院。

我工作的地方是一家离市区半小时车程的小规模私营入住式养老院，有十几个房间，根据入住者所需护理程度的不同，收取的费用也不一样。如果只算房费、餐饮费、护理服务费、管理费等，一个月十万日元左右便能入住，相较而言算是非常便宜的了。

“哦，是吗？”

我入行尚浅，不明白她到底想说什么。

“我跟她提了我们养老院，我和她关系很好的，她说她愿意搬过来住。”

那时，恰好有个房间还空着。

我跟养老院的老板认识，所以他雇我来这里上班。因为我刚进这行，还是个生手，失误频频*，还没能在他面前大展拳脚。如果她说的这事能顺利促成的话，多少能给养老院带来些收益。有那么一瞬间我还幻想着能被人高看一眼。

“您那位朋友可以马上搬过来住吗？”

我不由自主地倾身向前询问。

“行啊。她那家养老院虽然规模挺大的，但是员工太少了，服务也不好，吃得也随便，等着洗澡的人又很多，就跟洗土豆似的，想要跟护工好好聊个天都不行。住着的都是些傻子**一样的怪人，她说闹心得很。”

若真是如此，就太可怜了。我们养老院虽说规模小，但正式职员和临时工加起来跟入住老人的数量差不多，而且我认为

---

* **失误频频**：错把其他人的假牙放在了老人的嘴里。离奇的是当事人自己也没察觉。后来偷偷换下来的时候，被别的老人看见，说：“真山在玩假牙。”结果就被嬷嬷发现了，狠狠地被训了一顿。

** **傻子**：以前，认知障碍症被称为“痴呆症”。傻，带有轻蔑之意，一般护工不会说。只有老人自己会说：“最近好像变傻了。”

我们的服务超过平均水准。

第二天，我就向大岛院长汇报了此事。他叹了口气，说道：

“其实这话啊，她也跟别人说过了，而且是在两个月之前。”

“啊！是吗？”

空欢喜一场。

“而且吧，虽然同行之间没有君子协议，但如果抢了其他养老院的客户，后患无穷。我们这个圈子其实很小的，有些人还会不停地在各个养老院之间跳槽，消息很快就不胫而走。而且每个养老院还会在各自的地区划分业务区域。”

我对这些事一无所知，还傻愣愣地问：

“那安子老太太为什么要等到现在才跟我说这些呢？”

“嗯，可能是想得到你的关注吧。”

“那她朋友抱怨的那些事情呢？”

“哪儿都有爱发牢骚的人，其他的应该是她瞎编的吧。”

“安子老太太看起来也不像是一个会说谎的人*啊……”

“其实吧……”

他招了招手，把我带到了日近黄昏、铺满红霞的庭院，缓缓地点起了一支烟。

---

* **不像是一个会说谎的人**：患有认知障碍症的人，因为身体机能的衰退，记忆力和判断力随之下降，在日常生活中，力不从心的事情也越来越多，于是就会找借口糊弄人、谎话连篇。还有人会捏造事实，说得跟真的一样，我刚开始干护理的时候，经常被骗得团团转。

“听说她跟日托护理中心的员工和其他老人说，我们这家养老院糟糕透顶，对方的负责人还特地打电话来问过一次。”

简直难以置信。

“她说不仅房间小，而且不靠谱的员工也很多，这次新来的一个中年男人，一把年纪，都秃顶了还是毛手毛脚的。”

秃顶，说的肯定就是我了。

虽然不愿承认，但我的发量确实不太多，跟院长差不多。

就算如此，也太过分了吧。虽说有照顾不周的地方，但我自认为已尽心竭力地在为她服务了。也正因如此，我才认定她偷偷告诉我一个人的必定是个好消息。

我还自作多情地以为她起码是认可我的，可她居然说我“秃顶*”。

院长舔了舔嘴角的唾沫继续说道：

“安子老太太的认知障碍症虽然还不算严重，但她说的话也只能信二成**。况且最近越发开始胡言乱语了。”

此后，虽又听她提起过几次相同或者类似的话，但一想到

---

* **秃顶**：我爷爷的头发全掉光了，我从30岁起就有心理准备。曾经拥有的东西慢慢消失，这种丧失感与虚无感，只有当事人才能体会到吧。

** **二成**：有个词叫听话听一半，就是指说的话里只有一半可信，另一半可能夹杂着谎话或夸张成分，所以听一半就行。如果是二成的话，则更是少了一半。基本上听过就算，不要理会就行。但我知道在工作中，这二成话也有特别重要的时候。

她在背后说我是“秃顶”，便不再把她的话当回事。我好像开始不再全然信他人之言了。

又过了一个半月，慢慢地适应了工作，一整套流程也能勉强应付了。安子老太太跟我聊起了她的家事。

“我没有孩子，但我那死去的丈夫带来一个小孩，那女儿特别坏，所以我决定自己来住养老院了。”

“这也太难为您了。”

我一边整理床单*，一边随口搭腔。

“那孩子好像周末要来看我，也不知刮的什么风。本来是不想见的，但闲着也是闲着，就跟她说你来吧。”

“也是自家人，偶尔见见也好。”

有了之前的教训，我觉得还是不要聊得太深入。

“那孩子应该是不想管我了。她也没照顾过我老公，把钱全拿走了，还把我扔在了这里。”

她不停地说她女儿的坏话。

大概过了六天，我从院长那里听说了当日的情形，会面那天院长一直陪同在侧。

院长跟她的女儿见过很多次，也熟知她的人品。

虽然身在外地，无法经常过来探望，但她总是抽时间来听

---

* **整理床单**：在培训班里，反复练习铺床单、拉平床单，将四个角有意识地折叠后塞到床垫之下。铺得服帖完美时便觉得莫名的欣喜。

安子老太太发牢骚，是个非常孝顺的孩子。而且她是老太太的亲生女儿，所谓的“继女”纯属瞎扯。

老太太当着院长的面，不停地数落养老院，像是在跟女儿倒苦水。

最后院长说：“牢骚和不满越多，就意味着这个老人越发地脆弱不堪了，可怜啊。”

事实也的确如此，不久之后她的认知障碍症就更加严重了，身体也越来越虚弱，随后便转去了其他养老院*。

我一连上了好几个夜班，所以安子老太太转院的时候我并不在场，也没能送送她。

有本书上写道：衰老，在某种意义上就是“丧失”。

逐渐失去身体机能、自信、社交能力、记忆和与家人之间的羁绊。一想到安子老太太或许是在用自己的方式填埋这种丧失感，我就于心不忍。

只是被她说了句“秃顶”，更何况还是事实，我就为此闹别扭，随便应付，作为一个护工来说，实在是太不称职了。

---

* **其他养老院**：大多会转去医疗机构配备完善，有24小时护士值班的大型养老院。

某月某日

缘分：

怎么看都不顺眼

人吧，好像真有眼缘这种东西。毫无理由，就是有怎么看都不顺眼、合不来的人。

养老院里就有两位八字不合的老人。他俩一位是原拆建公司的老板林健吉老爷子，另一位仲间诚老爷子，原先是在保险代理公司做销售的。

81岁的健吉老爷子两年前就住进了养老院，半年后，78岁的诚老爷子才住进来。两个人对其他老人，特别是对老太太都特别友好，但这两人却是从头回见面就合不来。健吉老爷子对初来乍到、前来打招呼的诚老爷子视若无睹。

当时，我们这家小小的养老院里已经住着六位老太太和两位老爷子*了。只是又来一个诚老爷子而已。

虽然同事尽可能安排他俩分开坐，以免发生冲突，但还是会无缘无故就吵起来。我甚至怀疑他俩是不是在进养老院之前就认识，并有什么过节。

都是没了拐杖就走不了路的人了，也不至于闹到互殴。再加上多多少少都有点认知障碍，就算吵架也是转头就忘。但麻烦也麻烦在这里，他们永远都为了同一件事情吵架。

在养老院里尽可能不要提到容易引发争论的话题。比如政治、宗教是断不能提及的**。

转头就忘也有一个好处。就是让两个有点糊涂但关系不错的老太太坐在一起，她们就会一直兴致勃勃地畅聊往事。如果两人恰巧同一时期住在同一个城镇，就更有聊不完的话。因为转天就都不记得聊过什么了，于是又会神采飞扬地聊同一个话题。那会儿都不需要有人去管她俩，可省心了。

有一次大家唱卡拉OK，诚老爷子抱怨健吉老爷子连唱了三

---

* **六位老太太和两位老爷子**：在养老院里，这种男女比例往往会出现问题。也不知为什么，两位老爷子之间会相互较劲。其他老太太也会在私下比较这两个人。以我的经验，女五男三的比例恰到好处。5 ：3接近所谓的黄金比例。除了名片和卡片之外，蒙娜丽莎的脸也差不多是这个比例，是人类觉得最美的比例。如果夫妻之间的权力关系也是这个比例就好了。

** **政治、宗教是断不能提及的**：除此之外，也不能提有关棒球的话题。因为在养老院里，有巨人队和阪神队的狂热粉丝。曾有过因为支持的球队或选手而发生争执的事。

首歌。虽然这是工作人员的失误，但诚老爷子怒不可遏，大声抗议：

“凭什么那个秃老头可以连唱几首歌，明明唱得这么难听。”

健吉老爷子五音不全，唱歌还嘶吼，而且他的头发也确实掉得差不多了，但诚老爷子的额头也不遑多让啊。

“要你这个矮秃子来管。”

健吉老爷子呛声道，光秃秃的脑门涨得通红。诚老爷子的确只有一米五的个头。

五十步笑百步。完全就是俩老小孩在吵架嘛。

我们养老院很小，天天抬头不见低头见的。

可突然有一天，情况有变。

健吉老爷子对着诚老爷子怒喝道：

“你被解雇了，明天不要来了。”

此时，诚老爷子的反应有些奇怪。

“什么？”他先是一脸震惊，然后几乎就要哭出来似的问道，“真的要开除我吗？*”

“对，就是要开除你，滚。”

诚老爷子拼命地扯着嗓子嚷道：

---

* **真的要开除我吗？**：我这工作也是朝不保夕。在新冠疫情的影响下，上门护理服务公司不断倒闭，好像很多人失业。但养老院的招聘启事很多，再就业也不难。只是不能居家办公而已。

“但小山田的业绩远不如我。上个月的成交量也很少，还不如我挣得多。”

“可是……”

不知怎的，健吉老爷子的语气弱了下来。

二人之间气氛异常。

一旁的女同事在我耳边窃窃私语：

“真山先生，赶紧想个办法呀。”

我拼命地憋着笑，一声不吭。不笑场也是一个护工的职业操守。

在旁人看来，这只不过是一场闹剧，可我觉得这就是他们曾经生活的印记*。

健吉老爷子一定用相同的口吻开除过员工。而诚老爷子同样也被上司炒过鱿鱼，他应该就是如刚才那样为自己辩驳的吧。

可转眼间两个人又都不记得了，结果就是两人一直围绕着“你被炒了”和“真的要炒我吗？”喋喋不休，有时候解雇方和被解雇方会发生力量的转换。诚老爷子会反压健吉老爷子一头。

“其实吧……我想解雇你。”

诚老爷子会咬牙切齿地问道：

---

* **生活的印记**：近来有些养老院会帮老人写自传来从容地迎接死亡，把对养老、治疗、葬礼的要求和留给家人的遗言整理成终结笔记。我觉得此举甚佳，可以作为辨别一家养老院好坏的标准之一。

“什么！开什么玩笑！？凭什么是我？”

于是二人的对话就变得更加错综复杂了。

而恰在此时，诚老爷子病倒了，要住院一周。健吉老爷子也随之没了精气神儿。

我开玩笑说：“听说诚老爷子再也不回来了。”

健吉老爷子忧心忡忡地问道：“得了重病吗？”

“好像被炒鱿鱼了。”

他沙哑地说道：“怎么可能？”

一周后，诚老爷子刚一回来，解雇闹剧就如期而至。

某月某日

培训班：

70岁的新生

我在各行各业摸爬滚打了一番之后，最终成了一名护工。为了拿到护工资格证，我在56岁那年一边领着失业保险金，一边参加为期半年的护工培训班*。

培训班就设在鹿儿岛市内一个车站的附近，是一所面向失业者的民办职业培训机构。我在这里学习如何上门护理和在养老院为客户提供自立援助服务。

职介中心的顾问也明确地跟我说："以你的年纪，眼下能找的工作恐怕只有护工之类的了。"

为了拿到资格证，我报名参加了顾问介绍的培训班。拿到入学通知去上课的第一天，我看见指定教室里坐着一个上了年纪的高大男人，另外还有两个女人，一人看起来50多岁，另一

* **护工培训班**：虽然分为知识、技能、技术的学习，但大多是实操训练。学员只需花五千日元购买教材，便可参加为期半年的培训。老师也都是曾在护理一线奋战多年的老员工，并参照真实案例教授课程。

人差不多20岁的样子。

我以为那个上了年纪的男人是员工，没想到他也是来参加培训的。

加上我，一共四个人，我们四人做了半年的同窗。

男同学名叫深泽，他在做自我介绍时说："我今年70岁了，曾是一名保洁员。"

毕业前不到一个月的时候，有堂课是写求职简历*，那时我偷看到了他写的简历，这才知道，他毕业于国立大学，还曾在一家当地知名的企业就职。

深泽先生为人亲厚。每次他都会主动帮忙整理好考试大纲，覆膜处理后再分发给大家。他说家里有现成的覆膜机和材料，都是以前工作留下的。

也多亏了他，省了不少事。但不知为何，他总是粗心大意，回回考试都垫底。总觉得挺对不起他的。

可他却一点都不在意，毫不气馁地说："下回我一定考第一。"

他就是这么一个人，就算过了70岁也乐意接受新的挑战，着实令人佩服。

---

* **写求职简历**：我在失业期间，曾给几家需要书面审查的企业投过简历，但都石沉大海。后来在培训班上课时才得知原因。因为我嫌手写求职简历麻烦，所以寄出的都是复印件或者在电脑上打印的求职简历。老师明确地指出："偷懒的人是断无可能照顾好难以糊弄的老人家的。"

学校里的课程有七成都是护理实践。就是帮助行动不便的被护理者起身、辅助更衣、更换尿不湿、喂食、协助如厕等一系列操作的训练*，不断地练习。

听说过“啪嗒咖啦”吗？我也是接受培训之后才知道的。

就是在吃饭前，让被护理者张大嘴，反复说这个词。据说这种口腔体操**能促进唾液分泌，防止误吞，有助于顺利进食。

我们四人轮流扮演被护理者，可是每当轮到深泽先生说“啪嗒咖啦”时，另外两个女同学必定笑场。

不知道为什么，他就是发不好“啪嗒咖啦”这个音。我也是强忍着不笑，差点憋出内伤。

老师们也是个顶个的厉害。在一堂对认知障碍症患者的护理培训课中，有一位60多岁的退休护士扮演了一个认知障碍症患者。那真是绝了，她目光游离，全身瘫软得就跟寒天[1]一样。惟妙惟肖，完全看不出表演痕迹。

另外，还有一位60多岁的女老师，被大家一致誉为护理专家。尽管她身材纤细，却能轻而易举地从床上扶起体重八十公

---

* **操作的训练**：因为只有四名学员，在训练时需要轮流给对方穿尿不湿，或者被穿上尿不湿。我在给20岁女同学穿尿不湿时会全神贯注、举止小心。但深泽先生却会毫不顾忌地碰到她的脚和腰，令女同学尴尬不已。

** **口腔体操**：工作之后才发现，这个操对养老院里的老人不起作用。不是说“啪嗒咖啦”不起效或者不好玩，而是我觉得还不如让老人家破口大骂“笨蛋”“真山你这个秃子”来得更有效。

斤、连我都觉得力不从心的深泽先生，并能快速移动身体，轻松放平，就跟变戏法一般。她说她一直在锻炼核心力量。

其实腰痛*是护工辞职的主要原因之一。她在多年的实践中掌握了一套通过简单高效地使用全身肌肉来防止腰肌损伤的方法。

直到如今，每隔几年大家还是会聚上一聚。每每提及当年的“啪嗒咖啦”，大家就会笑成一团。我以为深泽先生应该是培训班里最年长的毕业生了，直到后来才知道还有年纪更大的，错愕不已。听说那位学员都80多岁了，就算是去住养老院都不足为奇。

话说这位深泽先生去第一家养老院面试就被成功录取。虽然难以置信，但确确实实就是被当场录取的。一个70岁的老头说招就招，这个行业简直太魔幻了。

在他工作的那家养老院里住着的老人，有好些人的年纪都比他小。

深泽先生经常会聊起他的工作心得和失败教训。

“我不小心按了紧急安全按钮。管理公司的人迅速赶来，大

---

* **腰痛**：有调查表明，一半以上的护工是因为腰痛才辞职的。在养老院房前的七夕挂饰中，我发现一支许愿签上写着“远离腰痛”，好像就是68岁的大岛院长写的。

门被锁，整个养老院里乱成一团，被认定为重大事故*，让我写了好几页的事故详情报告。”

他边说边笑。虽然我觉得这不是一件能一笑了之的事，但他就是这么一个乐观的人。

“经常有人去世吧？”

深泽先生所在的是一家八十人左右的医院附属养老院。

“是啊，被送去医院之后只有一成左右的人能回来。基本上都不知道那些人事后如何了。同事们也都讳莫如深。偶尔看到从医院回来的人，就觉得这人命真大，‘活着回来了’。”

“干得开心吗？”

“开心谈不上，经常犯错被骂，但这就是工作嘛。”

深泽先生说他正在考介护福祉士**的资格。另外，据报道，政府出台了对连续工作十年以上的介护福祉士加薪的特定待遇政策。

那时他都80多岁了，我再次为他的这股子上进心折服。

我觉得在这个长期人手短缺的行业里，只要有干劲，任何

---

* **重大事故**：一个重大事故的背后往往有29个小事故，而小事故的背后有300个错误，这就是所谓的“海因里希法则”。例如跌倒、误服药物、误食异物等，员工需要预测每个老人可能发生的事故，并尽量预防。然而人无完人，难免会犯错。一个护理员朋友就误把自己的药给老人服下了，幸好没出大事，才松了口气。

** **介护福祉士**：国家认证的护理工作资格。需要有三年以上工作经验或者是护理高校毕业的人才有资格参加考试。也有通过其他培养机构参加考试的途径。考取后大多会被转正，成为一线工作的负责人。

人都能胜任这份工作。如果看完这本书，依旧初心不改，无论多大的年纪，只要身体健康又想找个新工作的话都可以来试试。

译者注

1　寒天：一种类似蒟蒻的食物。

某月某日

“千万别来这里上班”：

面试官如此劝我

护工培训课程结束之后，我便马不停蹄地开始找工作。

位于鹿儿岛市东北部的吉野町地区有多家养老院。那儿是一片高地，距离市中心大约只有二十分钟的车程，但周围有大片的菜地和田园，这个环境非常适合开办养老院。

我从中选了几家方便通勤的机构，让职介中心的顾问帮忙联系。第一家机构的负责人说想直接跟我谈，于是我从顾问手中接过了电话。

“十分感谢您来应聘我们机构，请问在面试之前能否先来我们这儿参观*一下？我想请您看完之后再考虑是否应聘。免得白白填写一张求职简历。”

听起来对方是个上了年纪的女人，直截了当地就跟我说了

---

* **参观**：不管是入住养老院还是去养老院工作，最好多去实地考察几次。关键的是养老院里有没有气味。不仅是从厕所里散发出来的气味，还有食堂里的食物气味。有些养老院里有刺鼻的消毒液味道，就是为了掩盖清除不了的恶臭。从换气角度来说，气味也能作为评判一家养老院的标准。

这些。

“嗯，为什么？”

“其实迄今为止，来我们机构看过之后仍决定应聘的人不到二成。我们这里的情况您是绝对想象不到的。您看怎么样？”

当时，我还不太清楚护理机构和残疾人机构的实际情况。

后来才听说那家机构里住的都是重度患者。咬人、扔大便、自残都是家常便饭。当然比起其他地方，收入也相当可观。

思量许久我还是决定暂时保留。职介中心的顾问也面露难色，含糊其词地跟我说：“老实说，我也不想打击你的积极性，但是在那家机构没干几天就辞职的人非常……那个。”

于是我联系了第二家养老院，也是马上就定下了面试日期。

接电话的是事务局局长，措辞得体，我越听越觉得有信心被录取。

面试当天，我来到一家远离市中心的山间养老院*。面试我的是一位满脸堆笑的老人（就是事务局局长）和另一位截然相反、不苟言笑的40岁左右的男人，据说他是养老院的负责人。这是一家远比我想象中还要大的医院附属养老院。

---

* **山间养老院**：中型规模以上的养老院必须有一定的土地面积，因此大多是在远离都市的农村或者山间。很多养老院会强调周围的自然环境。不知道是不是鹿儿岛特有的，养老院在打广告时总会强调“能看到樱岛火山”。

事务局局长一边看我的求职简历一边说：

“你看上去很强壮，平时在做什么运动吗？”

“这一带一到冬天就会积雪，通勤不太方便，但也会慢慢习惯的。”搞得好像我已经被录取了似的。

一旁的男人始终面无表情。

“如果能来工作的话，什么时候可以开始？比如……”

事务局局长的话还没说完，40岁左右的男人便愤愤然地说：

“在此之前，我先带你参观一下养老院。”

接着就催我起身跟在他身后。

他到底为什么黑着一张脸？想着时隔半年终于要开始工作了*，本来还挺有信心的，但他那个态度是怎么回事？我鼓足了勇气在他身后问道：

“说实话，到底是怎么了？”

现在回想起来，这般质问面试官也太失礼了。

可意外的是，他反过来问我：“真山先生，你有其他备选的地方吗？”

“没有，这是我找的第二家……”

“私下就跟你实话实说了，我劝你千万别来这里上班。”

“啊？为什么？”

---

* **时隔半年终于要开始工作了**：在护工培训班培训了半年，面对下班回家的妻子始终抬不起头，就想着不管什么工作，先赶紧找到了再说。

“刚才那位事务局局长是从政府机关调来的*，完全不懂业务，只是暂时在这里过渡一下。即便如此，他还是随随便便就招人，对要辞职的人毫不挽留。”

“话虽如此，那又……”

“你是不知道，一直以来，他当场录取的人干不了两个月就会辞职。”

“为什么？”

“他太不负责任了。不管什么事情，跟他商量都没用。政府机关待久了大概都这副德行吧。我也打算辞职了。你真的别来这里工作。真山先生，他吃准了你上了年纪，机会不多，任何条件都会接受。搞不好冬天还要你去接送他。”

我只能沉默不语。

在我从事建筑咨询行业时，曾多次遭到政府部门负责人的无理对待**，有苦难言。

为了能得到更多公共项目的承包机会，有段时间我在政府各部门之间游走。傍晚时分，政府部门负责人的办公桌上就摆

---

* **政府机关调来的**：原先鹿儿岛市役所那个人品极差的建设部官员，后来我看见他在图书馆前台工作，姿态傲慢。我觉得不论是出于经费还是行政服务的质量考虑，还不如雇个态度好点的年轻人。

** **无理对待**：让建筑公司的员工给省政府工程部的官员搬家。以前还要帮省政府职员推选的议员在选举活动中摇旗呐喊。直接给省政府官员送钱肯定是不行的，所以很多公司会送啤酒券。

满了访客的名片。正当我将自己的名片也奉上案桌时，建设部的M主任就回来了。

“您能收下我的名片吗？”

本尊都回来了，我便问了一下，他点头示意。

他看着我把名片放到办公桌上*之后，便把桌上所有的名片摞成一沓，用皮筋一捆，直接扔进了垃圾箱，当然连同我的名片一起，之后便若无其事地拿起毛巾擦脸。

过了四个月，在第二年的2月份，建筑事务所的人事课课长打电话到我们公司。

说是有三位退休干部至今还没定下受聘单位，即“旋转门”，问我们公司能不能接收。

一般来说聘请了政府机关的退休官员，会增加公司的竞投名额。这是官民之间不成文的规矩。作为照顾机关退休官员的回报，回礼**便是增加竞投的机会。这是几十年来一贯的陋习。

当听到那三个人的名字，我瞬间了然，是三个声名狼藉的

---

* **把名片放到办公桌上**：当时我一天内要跑将近十个部门，发两百张名片。到了傍晚时分，在负责人桌子之外的名片盒里，也堆满了名片，不断地往外掉。如今想来这种推销手段简直愚蠢至极，但现在大家好像依旧在这么干。

** **回礼**：当公司雇用了退休公务员，政府就会把项目给那家公司。因为负责此事的公务员也希望自己以后有类似的机会，这一惯例延续至今。有一次，公司A雇用了一位退休公务员，本应由公司A中标的项目却被公司B误接了。于是政府开始打压公司B，让他一大早来开会，负责人赶着一早的飞机准时到达后，却让他在走廊等了半天。

干部，从来就只会欺负承包商，自己的工作效率低还总是把责任推卸给承包商。其中就包括那个扔了名片的M主任。

“我们这家小公司，恐怕供不起像M主任这样的大佛。”

于是冷嘲热讽地拒绝了。

可在两个月之后，他只比其他退休干部晚了一个月，便转职去了另一家建筑咨询公司。就像是政府把卖不出去的货物硬塞给了那家公司。那家公司的竞投指标不升反降，或许在政府同事之间，他的口碑也很差吧。

各行各业都有这种老油条。所以我在面对老人的无理要求时，依旧可以安之若素。

我觉得经验不仅能让人成长，也会让人变得麻木。

最终我还是决定不去第二家养老院了。

继续在职介中心找工作，偶然间看到一家小型养老机构发出的招聘信息，那家养老院的老板是我以前的熟人。职介中心那边显示的工作条件是“日结月付制*”，招的是没有奖金和退休金的临时工。

我马上就给他打了电话。“原来是真山先生呀。你的为人我很了解，请一定来我这里帮忙。”当下就被录取了。

几天后，我去养老院时，略显老态的大岛七郎院长亲自出

---

* **日结月付制**：每月工资固定，如有旷工、迟到、早退，就从中扣取的一种结算方式。

门相迎。

大岛院长宽慰我这个刚入行，还在惴惴不安的新人：

“必须干的活儿好好干，其他的就随便一点。上夜班的时候睡一会儿也没问题。”

当时我就在想，在这里的话我应该能干得下去*。

他给人的第一印象就是一个温文尔雅的胖老头，头发稀疏，有一种很强烈的亲切感。我刚到养老院的时候，他已经67岁了，现在应该过70岁了吧。

直到最近才发现，他吧，说好听点是一个特别宽容的人，说难听了就是缺少责任感。

他跟北村嬷嬷的关系肯定不怎么好。我觉得他的本职工作应该是约束和管理北村嬷嬷，但他的性格就是事不关己，高高挂起，总是不跟她直说。

在新冠疫情期间，全院严阵以待。问他如果出现患者该如何应对，他答道：“到时候再说吧。”但北村就一直采取严格的防控措施来预防感染的发生，也难怪他无法对北村发难了。

---

* **在这里的话我应该能干得下去**：后来我才知道，十年前大岛院长还是搞建筑设计的。虽然不清楚为何转行进了不相干的护理行业，但听说他沉迷于小钢珠和赛艇赌博，欠了一屁股债，不得不离开原来的公司。在工作之余，我们大多会聊一些摔跤和拳击。他从未提过他的家人，我也不主动去问。我猜他现在应该是单身。

养老院里的正式职员只有大岛院长和北村，白天来上班*的八成都是临时工。

我主要上夜班，一个月里只上几天白班，工资约为二十万日元，扣除七七八八的税之后，能拿到手的差不多只有十六万日元。妻子打工的收入大约九万日元，两个人加在一起过着紧巴巴的日子。只是当时我的存款已快见底，不得不马上开始工作。

我的护工生活就此拉开了序幕。

* **白天来上班**：当白天人手足够时，有时就会让临时工早点下班。因为我上夜班比较多，所以按天算工资，在员工里算是待遇很不错的了。

某月某日

禁忌：

“那个年代至暗无比”

81岁的松原幸子老太太看似有些自命不凡，微胖、话少，总是一副瞧不起人的样子，因此在同事间的口碑并不好。

她的屋里有三岛由纪夫、谷崎润一郎*、太宰治等大文豪的文集，可从来没见她翻过那些书。

她的书架上看似随意地放着一本大学毕业相册。

那是一所非常有名的私立大学，应该是她的母校。

“哎，真山先生，你平时看书吗？”

“偶尔看，只是最近很少看了。”

“这可不行啊，总看电视和漫画书会把人看傻的，还是得看书。我觉得养成读书的习惯**很重要。经常用脑可以防止老年痴

---

* **谷崎润一郎**：《疯癫老人日记》讲述的是一位77岁的老人被儿媳妇迷得神魂颠倒，希望被她踩在脚下的故事。此外他还创作了如《细雪》这样的长篇小说，描绘了日本的美学和雅致的世界。我认为他的感性和审美是独一无二、无人能及的。

** **读书的习惯**：别说读书习惯了，老人家甚至连电视都不看。只是有几位老人会听收音机里的“深夜广播”，那些也是相对头脑比较清晰的老人。

呆。稍有懈怠就会变得像细山先生一样了……你说是吧？”

75岁的细山信夫老爷子跟她差不多同时入住，可她非常瞧不起那位老爷子。

起初我也不明白她为何如此讨厌他。

信夫老爷子虽然有些粗鲁，爱说脏话、个子不高，却是一个非常善良的老爷子，一直眉开眼笑的。他总是力所能及地照顾自己的日常起居，这对护工来说就像中了彩票一样*。

“您也看文学书吗？”

“是啊，我还是比较喜欢以前的作家。我喜欢那个时代的气息与氛围。如今的作家写的文章就像加了人工甜味剂，回味总是差点意思。”

虽然听不懂她在说什么，但我还是点头称是。

不光是院里的老人，就连同事也不知道我得过小小的文学奖。应该只有养老院的老板知道这件事**。

我测完她的体征，便记录在一张便笺上。她瞟见我写的内容，会指出我写的错误的汉字。我的确经常写错字。

有一次，我把“就寝”写成了“终寝”，她看到后提醒我说：“终寝的话我就再也醒不过来了。”我真是羞愧得无地自容。

---

* **中了彩票一样**：指不给工作人员添麻烦的人，很难从外表和第一印象看出来。看似很温顺的老太太或许很暴躁，曾经的老师或警察也可能毫无生活常识。

** **只有养老院的老板知道这件事**：大岛院长可能从老板那里听说过，但至今也没跟我聊过有关文学的话题。他对我是否得过文学奖毫无兴趣。

同事们都在议论，幸子老太太为何会如此讨厌信夫老爷子。

有一次信夫老爷子刚好坐在幸子老太太的对面就餐。他吃饭时发出吧唧吧唧的声音，老太太一脸嫌弃地瞪着他（最后在她的投诉下换了位置）。

信夫老爷子戴的是整副假牙，吃饭时的确会发出奇怪的声音，再加上有伸舌头的怪癖。幸子老太太曾说他像一只“宿醉的青蛙”，被她这么一说，信夫老爷子看着确实觉得有点像青蛙。

大岛院长赞许道：“宿醉这个比喻真妙。不愧是幸子老太太，措辞就是文雅。”

一直被人取笑的老爷子经常会找我聊天。

他说他曾是个老烟枪。当然，养老院内禁止吸烟。我也在30岁时戒了烟。

“虽然已经戒掉了，但在刚戒烟的时候，有时会梦见自己在吃香烟。”

信夫老爷子一边伸舌头一边说。

“据说现在有种电烟。嘴巴会电麻吧？”

看来他把电烟和电子烟搞错了。

“我没抽过，所以不知道。您之前抽的是什么烟？”

“一直抽中等浓度的性牌香烟*。”

“啊？中等浓度的……性？”

“对啊，那个浓度刚刚好。”

我没再继续问下去。

可能是因为有慢性病，听力不好，再加上口齿不清，所以经常会闹出大乌龙。尽管如此，他还是会大大咧咧地跟幸子老太太搭讪。直到最近我才终于搞明白他为何如此遭人厌烦了。

但他本人毫不在意，所以幸子老太太就更窝火了。

“松原女士结过婚吗？”

有次吃饭，他当众问起这个禁忌话题（她是独身主义者），虽然没有恶意，但也侵犯了别人的隐私。

“没结过婚？难道是同性恋？”

这下我可真的没法去看幸子老太太的脸色了。

幸子老太太的房间墙壁上挂满了旅拍的照片。几乎没有男人的身影。有一大半的照片都是她和一个看上去比她小一轮的年轻女人。

就照片上来看，她俩应该多次一起出国旅游过。

有一次，幸子老太太无意间提道：

---

* **中等浓度的性牌香烟**：说的一定是中等浓度的七星牌香烟。他说：“以前都是一挑挑地买。”应该是指“一条条”。我们养老院禁烟，但有些养老院里有可贵的“吸烟区”。有些甚至允许适量饮酒，还会举办酒会。

“当今的时代可真好啊，像松子DELUXE和小爱[1]这样的人也能尽情在世人面前展露个性*，活跃在荧幕前。我们那个年代至暗无比。”

* **个性**：院里有个中性的老爷子，当男同事帮他洗澡时会莫名其妙地面红耳赤。也有留短发的老太太，举止言谈就跟个小老头似的。可能是随着年龄的增长，“沉睡中的个性”被唤醒了吧。

译者注

1　松子DELUXE和小爱：二人都是日本知名的跨性别艺人。

某月某日

我喜欢上夜班：
深夜的老人

大概下午四点，出门上夜班之前，我都会双手合十立于家中的神龛前，祈求神明保佑今晚院里的老人们都能平安无事。顺便再求一下最好没有人半夜尿床。如果可以的话，还会祈求那些有便秘的老人不要在我工作期间排便。

妻子下午四点才下班，所以我俩有大半个月都见不到面。我会带着自己做的便当去上班。做便当的时候会顺带多做一些，留给妻子当晚饭。

我刚开始上夜班的时候，妻子似乎有点害怕晚上一个人在家，如今却十分享受一个人的时光。

我每周上三四天的夜班，一天白班，然后休两天。跟另一个上夜班的同事商量着来定出勤表。

如果一夜无事的话，夜班绝对是最轻松的。

不会被其他同事盯着，也没有访客，基本上不会来电话，可以自己安排工作。呼叫铃没响的话还能睡一觉，甚至还可以看会儿电视，或者看会儿书。

适不适合上夜班也因人而异。神经衰弱、无法倒头就睡的人就不适合上夜班。而我就算只有二十分钟也能眯上一会儿*，仅凭这一点，我就觉得自己挺适合上夜班的。

但我还是花了很长时间去适应昼夜颠倒的生活。上完夜班回到家，立马去泡澡，结果在浴缸里睡着了，差点淹死。还有一次，上午十点左右吃完早饭就躺在沙发上睡着了，醒来时已经是晚上七点了。如今身体已经逐渐适应了这种生活，白天睡两个小时就足够了。

自从开始上夜班，我就很少喝酒了，而且发现现在一喝酒就容易醉，睡意瞬间袭来。还经常梦见自己在工作，好几次就算是在家中醒来，也会以为自己在养老院，会迷迷糊糊地找鞋、穿鞋。

随着夜班越来越多，我开始琢磨着该如何小憩。就算想去上厕所也先躺下来睡一会儿。这么一来，闹铃一响，就算醒来后还想再躺五分钟，尿意也会抢先一步让我跳起来。

上夜班时，一般都跟老人一对一，所以他们会说些心里话，我也能轻松无顾虑地聊天，觉得跟每个老人的关系更亲近了

---

* **二十分钟也能眯上一会儿**：据说最好是不躺下，坐着眯三十分钟以内。在世界范围内，日本人本就算睡得少的，多少都有睡眠不足的问题。有个老太太总说自己一晚上没睡着，可夜里巡房时，她一直都睡得很香。可能是梦见自己没睡着吧。

一些。

白天，事情多又繁杂，员工忙得都没时间跟老人好好聊天。于是老人家便跟我这个上夜班的平平无奇又看似清闲的人聊这聊那。

晚上巡房时，老人会根据当天的心情拉着我聊很久。大多是刚搬来不久，还没习惯养老院生活的老太太，其中有人哭诉自己被女儿和女婿抛弃了；有人说明天儿子会来接，问我应该准备些什么（其实儿子不会来）；还有人误以为这里是医院，治好病就能出院了。

总之陪他们聊会儿天，让他们服下药，我就能去吃便当了。

晚上九点开始给老人们换尿不湿、协助如厕，同时巡视就寝状况，直到他们都安然人睡。之后，我就可以在值班室里看看电视看看书，打发时间。

很少有人会按呼叫铃，所以有时候就会犯困打盹儿。

十二点便能上床睡会儿了，如果一夜无事的话，就能一直睡。然后五点半起来做餐前的准备工作。

我把清洗干净的假牙*拿回各个房间。只有在餐厅吃饭的人，才需要护工把他们带出房间。老人习惯早起，所以精气神

---

* **假牙**：有一次全然不记得给老人戴假牙。其他同事注意到那个老爷子吃饭花了很长时间，就跟我说了这件事，我惊呆了。老爷子自己也没有意识到吃饭时没戴假牙。

儿十足。但也有睡蒙了的人，不知为何，每当我说："早上好，天亮了。再过三十分钟就把早餐送到房里来。"有个老太太总会问我："你刚从年底聚会回来吗？"

饭菜另有专人负责，我只是用微波炉加热一下，然后将米饭、味噌汤、茶水、点心等一起送到房间。有时候提供的是面包。

在饮食方面每个人多多少少都会有点偏食*。根据菜式，能估摸出谁会剩下多少，按经验再来调整分配给每个人的量。但有时会有人抱怨："为什么只有我的菜那么少？"这是按每个人的身体状况并结合营养学定好的配餐，我就会随便应付一句"对不起，我去跟院长汇报一下"，然后溜之大吉。

收回餐盘，洗净餐具，做简单的清扫，然后开始写从前一天傍晚到此刻的报告**，那时早班的同事差不多就来交班了。

交班的第一句，不是打招呼，而是问：

"那个，谁和谁排便了吗？"

---

* **偏食**：不光是很多小孩子不喜欢吃青椒和胡萝卜，很多老人也不喜欢这两种菜。出于健康考虑，我们当然希望老人吃菜，但是几十年都不吃的东西，到了这把年纪还要勉为其难地吃下去，也太难为人了。

** **报告**：记录下每个老人的血压、体温、身体任何不适的地方，以及用餐量（分五个程度）。还要记录是否漏服药物，以及着装、指甲等卫生方面的情况。

某月某日

诡异的经历：

老人去世后……

住养老院的当然都是上了年纪或者行动不便的老人，其中还有百岁老人。有些人在入住期间突然病情恶化，被救护车带走后就没能再回来；当然也有人直接在养老院里去世的。

我就遇到过这种情况。

半夜一点左右，我在巡房，听到平日里早就入睡的千代子老太太屋里仍有动静。想着会不会是忘了关电视，就朝屋里看了一眼，当下便发觉情况不妙。在昏暗的房间里，借助电视机的微光看到她一动不动地处于一种极不自然的姿态中。

在离窗边床铺的不远处，她就像教徒祈祷时那般前倾匍匐倒地。虽然表情平和，但摸她的身体时已经感觉不到温度了。

我一下子就紧张起来，但这种时候必须按照流程*来处理，

---

* **这种时候必须按照流程**：按流程，需要测老人的生命体征（体温、血压等），立马将情况汇报给院长，同时拨打119。院长则会联系老人的主治医师、护士。诊断结果出来之后立刻联系家属。

我重新让自己冷静下来。

先联系大岛院长，随后打了119。不到十分钟，救护车*就赶到了，又过了二十分钟，警察来了，刑警也紧随其后。第一次见到刑警，大概30岁吧，特别年轻，并不像电视剧里那般穿着便装，而是一身工作服，精悍帅气。

他一出现，周围几名警察立刻挺直了身板，毕恭毕敬地讲述着前后经过，跟刚才的态度截然不同。

刑警也对我进行了各种询问。我才意识到，他们怀疑这是一起案件。前不久刚有报道说，老人在养老院里受到虐待致伤，甚至还有致死的。

我把发现老太太去世的过程又详细地说了一遍，还交代了自己的工作内容、所持有的从业资格证，以及当天的工作表，甚至还被问了手机号码和家庭成员。

当被问到“她是一个怎样的人，你对她的印象怎么样？”时，我震惊了。这是不是就是刑侦片**里所说的“感情纠纷”？

---

* **救护车**：因为老人的病情极容易突然恶化，所以在我们养老院基本上都会直接叫救护车。我还知道救护车有两种声音，一种是“哔——啵——”的声音，还有一种是进十字路口时发出的“呜——”的声音。有次夜里，在房间里照顾一个老太太时，听到外面传来一阵救护车的声音，老太太好像很开心地说：“也不知道是谁要死了。”

** **刑侦片**：在刑侦片里，除了主角之外，其他侦查员总是猜不中犯人。而在我们养老院，如果有什么东西丢了，很容易就能知道谁是犯人，因为东西就堂而皇之地摆在犯人的房里。

我紧张地阐述了我的真实想法:“我觉得她是一位和蔼可亲的老太太。”

我再一次意识到一个人的去世是件多么大的事。大半夜,养老院狭窄的楼道里挤满了急救队员、警察、养老院工作人员、医生等十几个人。养老院负责人大岛院长在警察来之前就赶到了,在我回答刑警的询问时也一直守在我身边。

主治医生说,应该是老太太起身换内衣时突发脑梗不幸去世的,已经死了一个多小时了。

令人惊讶的是,次日清晨,院中的另外八个老人,谁都没有注意到昨晚的动静。

就算她的座位一直空着,也没人注意到千代子老太太不在了。

同事们都商量好了,如果有人问起她为什么不在时,就统一回答:“身体不舒服,半夜被送去医院了。”但现在好像完全没必要了。就像什么事都没发生过*一样,一切如常。

养老院大门上有个门铃。无论何时,外来人员必须按了门铃之后,门才会开。同时为防止老人偷跑出去,门打开时会发

* **什么事都没发生过**:我想起了这么个故事。据说鸟巢里如果只有一只小鸟,一旦不见了,大鸟就会大动干戈地寻找;但是如果有五只小鸟,只剩四只时,大鸟甚至都不会注意到。

出警报声。

但最近受新冠疫情的影响，出诊医生和家属来访时也得按门铃，还必须得用指定的消毒液全身消毒之后才能进入房间。

千代子老太太去世的一个月后，深夜十二点会突然响起门铃声，而且不止一两次。那个时间，没有提前预约是绝不可能会有客人来的。我问了另一个上夜班的同事，他含糊其词地说："说起来，好像听到过……"

这么说来，难道只有我一个人听到动静？

也可能是风太大，触发了门铃的感应器。但不知道是不是巧合，每次听到门铃声都是在千代子老太太去世的那个时间段。

有一天晚上，我心存疑虑，就在那个时间段躲在门口附近观察，毫无异常。

过了半年终于不响了。

或许只是我的幻听*。又或许是千代子老太太在说："为什么那个时候你没能早点发现？"又或许是想说："请别忘了我。"

如果可以的话，最好是后者。

* **幻听**：深夜，楼里楼外会有各种各样的声音。院子里的树木被大风刮的沙沙声，下雨声。机械般的门铃声就夹杂在这些声音之中。一开始我以为自己耳鸣了，但奇怪的是明明应该是一样的声音，却时强时弱。

某月某日

恶魔家属：

“笑容”令我如获至宝

有一天上夜班，我一进养老院就感受到了会客室里令人窒息的气氛。

住了三年的柴山美代子老太太和她的二女儿，还有一位看起来50多岁的陌生女人，再加上大岛七郎院长，四个人正神情凝重地对峙着。

院长见我进来，招手示意我坐下。

一种不祥的预感油然而生。美代子老太太坐在轮椅上，一脸茫然地看着身边的二女儿。

二女儿就住在本地，所以下班之后或者休息日会不时过来探望，一个月会来五六次吧，是个非常随和的人。

“一直承蒙大家对我妈妈的关照，最近没什么变化吧？”她每次来探望老太太总会跟我们这些一线的员工道谢，有时还会带些小点心来。

美代子是一位温和的老太太，只是最近她越来越糊涂了，渐渐地需要花更多的时间和精力去照顾她。二女儿对此十分理解。

说话间得知，另一个女人是住在外地的大女儿。此次回乡是来参加几年前过世的父亲的法事，姐妹俩便结伴来看望一下母亲。

“我妈的脸上居然有眼屎，太不可思议了。袜子也松了。嘴唇干巴巴的。不得不让我怀疑你们的工作有多敷衍了事。”

大女儿已然十分生气了*。

我估计这些话已经跟院长讲过一遍了，现在又特地在我面前说一遍。

院长并不是一个不靠谱的人，只是面部表情有点问题。一遇到棘手的事，就会习惯性地堆出一脸的微笑，唇角两侧还会挤出唾沫泡泡。也许是为了缓和对方或者自己的紧张情绪，但往往会被误认为是在嬉皮笑脸。

大女儿还说她母亲看起来比刚来的时候憔悴了许多，但最近测了体重，明明比刚来的时候还重了一公斤。

她还说难以接受曾经是茶艺师的母亲变成现在这个模样。每当大女儿提高嗓门说话时，旁边的二女儿就会一脸担心地看

---

* **已然十分生气了**：教育界有魔鬼家长，医疗界有魔鬼患者，护理界有魔鬼家属。进养老院的老人，他们的子女大多在50岁到60岁，比护工还要年长些。因为这一点，他们容易变得很强势。所以院长还是得让年纪大一点的人来当才合适。

着老太太，并轻抚着她的背。

我忽然在想，美代子老太太会不会已经不记得大女儿是自己的孩子了。她时不时偷看大女儿的表情似乎很害怕。

“姐姐，刚才我说了，这家养老院真的很好，妈妈也十分感激他们。”

可还没等二女儿说完，大女儿便打断道：

“真的吗？妈妈，住在这里真的舒心吗？你看头发也乱糟糟的。”

每个月我们都会请理发师*，按每个人的喜好帮他们剪头发。更何况有认知障碍症的老人本就不在意自己的形象了。当然我们这些员工也在尽心竭力地照顾他们。

“看，默认了吧。”

大女儿虽然连连抱怨，却一直跟美代子老太太保持着距离，不去触碰她的身体。我暗忖，既然那么介意眼屎的话，你自己去擦掉就好了呀。

---

* **请理发师**：专业的理发师会为卧床不起、坐轮椅或者有认知障碍症的老人服务。需要他们有娴熟的技巧、极强的沟通能力，以及出色的理发技术。我会跟刚剪完头发的老太太说：“剪完头发看起来年轻了许多。”她们听了都很受用。

二女儿是个单亲妈妈*，一边工作，一边抚养念初中的儿子。她曾把母亲送去日托护理中心照顾了两年，后来因为美代子老太太的膝盖不好，行走越来越困难，才决定送到我们这所离家最近的养老院。

依我看，只有亲自照顾过病人的人才深知个中艰辛，才会特别体谅护工以及从事相关工作之人的不易。

显然大女儿是无法理解的。

其实美代子老太太也总是说："谢谢你啊，让你一个大男人做这些事，真是太对不起了。"或者是："真山先生，真的是有劳你了。"她总是对我们感激不已。

只是最近她的认知障碍症越来越严重，已经无法用语言来表达了，但从她的神情和笑容上，完全看得出她的感激之情。二女儿亦有同感。

"长此以往的话，我们只能换家养老院了。"

大女儿威胁道。

院长用舌头舔了舔嘴角的唾沫。

大女儿继续抱怨，说她的母亲衣服邋遢，面色不佳，房间

---

* **单亲妈妈**：一起工作的女护工里，也有很多人是单亲妈妈。因为即便没有工作经验也可以就业，还可以一边工作一边获得相关资格。我觉得绝大部分的原因是这个行业的容纳性强。我不会轻易去打听同事的家庭情况，但是老人们会毫不避讳地接二连三地问："你，结婚了吗？有孩子吗？"会打破砂锅问到底。我自然而然地也就知道这些事了。

里的厕所老旧，窗帘太素*，等等。

显然二女儿已忍无可忍，说道：

“既然你这么说，姐姐来照顾妈妈怎么样？你自己去找个新的养老院，做不到吧？”

美代子老太太的护理等级上升得很快，想找一家愿意接纳她的养老院并非易事，更何况她也喜欢这里。

“妈妈，我们继续在这里住，好吗？”

大女儿终于注意到了周围人的反应，或许是觉得尴尬，说了句：“没办法，那就这样吧。”

于是，美代子老太太看向对面的我，微笑着深深地点了点头。

那一刻简直太开心了。我不知道她对之前的对话理解了多少，只是她的笑容对我来说如获至宝。

当我慢慢地给她那双脚趾变形的脚穿上袜子的时候，她满怀歉意地跟我说：“怎么好让你做这些事……谢谢你了。”她又一次当众道谢。我打心底觉得这份工作干得真值。

突然，默不作声的大女儿看了一眼手表。

“妈妈，我下次再来看你。”

---

* **窗帘太素**：一般多为淡色系的奶白色或者暖色系的橙色。有实验证明，对比强烈的配色会让人产生疲劳感，冷色系会让人感觉寒冷。但如果本人是阪神老虎队的粉丝，强烈要求用黑色和黄色的窗帘，我想养老院也不会不同意的。

她一边跟母亲说话，一边起身。

直到最后，她也没向院长和我道一句谢，甚至连个招呼也没打。

第二章

无所事事的生活

某月某日

性骚扰：

“晚上”和“那方面”的话题

照顾老人时遇到性骚扰几乎是无法避免的。特别是好色的老头，每家养老院里总会有那么几个人。

很多还曾是老师、银行职员、警察、教会工作人员、会计师、法律顾问等从事体面工作的人。

而且就算上了年纪，性骚扰的对象也肯定是年轻漂亮的女护工。

在被照顾生活起居时，他们会若无其事或者堂而皇之地触碰女护工的臀部或胸部，说一些下流的话。

“哎，最近跟你的男朋友处得怎么样啊？”

好色的老头猥琐地笑着问道。

“就那样。”

女护工冷漠地回答。

老头还是不死心，继续问道：

“晚上，那方面怎么样？”

“晚上”和“那方面”*是昭和时期的隐语。

如果在普通公司，这种行为肯定要闹得沸沸扬扬了，但是在养老院里这些都不算事。

有时候还有好色的老太太，她们会突然抱住年轻帅气的男护工，或者在被喂药时舔男护工拿着药片的手指，甚至还会将干瘪的胸部贴到男护工的脸上。

轮到年轻帅气的护工上班时，会撒娇：“我突然站不起来了。”迫使对方抱起自己。据说，男护工贴身将她们抱起的那一瞬间，耳边会感受到一阵温润的吹气。

电视里一播出相扑节目，平日里死气沉沉的老太太就会发出年轻女生般的尖叫为选手加油，更有甚者在加油助威时连假牙都要飞出来了。看来她们还是喜欢像远藤关那样帅气的相扑选手，在为他呐喊时，有些人还会兴奋到漏尿。

另外女人之间聊的那些赤裸裸的黄段子**，在某种程度上比起男人有过之而无不及。她们会毫无顾忌地说一些令人面红耳赤的话***，一边聊还一边发出奇怪的笑声。老太太们的耳朵都不

---

* **“晚上”和“那方面”**：养老院里的老人经常说的，既有“同枕共眠”“互诉衷肠”“结契”等相对含蓄文雅的词，也有“性交”“舌吻”等露骨的词。

** **赤裸裸的黄段子**：只有80岁以上的人才听过的黄段子。虽然什么都没有明说，可光在气氛和对话中就笑翻了，好像很开心。

*** **令人面红耳赤的话**：有个老太太说，会拿着自家鸡生的两个蛋夜袭男友家。当说到“两个蛋”的时候，其他人都笑趴下了。大概是想到了男人的睾丸了吧，而且鸡蛋能壮阳，有为今夜助攻之意。

太好使，所以说话声越来越大，有时还要对方再说一遍，养老院大厅里因此到处回荡着震耳欲聋的黄段子。

因为我是一个又秃又土的老男人，所以暂时还未沦为性骚扰的受害者。

其实，导致很多护工辞职的另一重要原因就是性骚扰和职场霸凌。

工作多年的女护工里，有一些生猛的人还会笑着说："要摸就摸吧，反正又不会少块肉。"

是谁来着，应该是北村嬷嬷吧。当时她瞥了一眼被色老头性骚扰后苦不堪言的年轻女同事，说："赶紧去干活儿。"仿佛这点小事根本不值一提。这对初来乍到的女护工来说肯定是难以接受的。当然，也没人敢不要命地对北村下手。

朋友跟我讲过一件真事，说在他工作的养老院里，有一个80多岁的老头爱上了20多岁的女护工，半夜不停地按呼叫铃，三番五次把她叫进房间求爱。

我不禁又想起了另外一个朋友的故事。他是我的小学同学，出于工作关系住在名古屋，单身多年。

几年前，他经常一喝醉就从居酒屋给我打电话。他长得不讨喜，但对女人非常体贴。

"现在我交了一个特别可爱的女朋友，我俩年纪差了一轮多。"每次打电话他都会炫耀一番，虽然我觉得有点烦人，内心却十分羡慕。

有一天深夜，他打电话给我，哽咽着说女朋友突然提出要分手。

我问他："吵架了？"

"那倒不是，好像是她孙子劝她去住养老院。"

他的女朋友居然比他大一轮以上，该过70了吧。我既震惊又忍不住想笑。原来他说的女朋友就是他经常光顾的K歌居酒屋的老板娘。

的确有过了70岁依旧十分可爱的女人，绝色佳人*也有。

女人的美丽无关年龄，而在于言谈举止。我觉得越是上了年纪，越为明显，进了这行便更确信这点了。

无论多大的年纪，爱情和性永远是人的天性。

* **绝色佳人**：我觉得八千草薰是一位即便老去，依旧散发着优雅气质的女人。令人遗憾的是，她在出演完以养老院为背景的电视剧《安详的时光》之后就去世了。看着这位著名女演员的举止，我认为有无气质关键就在于仪态。

某月某日

身心俱疲：

初晨的第一缕阳光

夜过天明，我刚走进富江老太太的房间准备叫她起床，就察觉到了异样。房间里充斥着一股子酸味，她的眼神在闪躲。我当下就知道肯定是尿床了。

掀开被子，果不其然，被单上垫着的隔尿垫连同她的睡衣全湿了。

“全湿了呢。”

我委婉地说道。富江老太太哎呀一声，就像是才注意到似的。

换被单时，我在想该怎么跟北村和交班的同事解释。因为这种情况会一下子多出大量的换洗衣物，增加她们的工作量，免不了要遭一顿埋怨。

按理说，也怨不着我，这是老人家的生理反应嘛，但我也没法理直气壮地说跟我毫无关系。

前一夜临睡前，我在给富江老太太穿尿不湿的时候，她已经困得迷迷糊糊了。好几次让她“把腰抬一下”，她都没反应，于是我就草草地把尿不湿给扣上了。

敷衍了事，自食恶果。更换尿不湿是最基本的护理工作，甚至还有“纸尿裤穿着师”的资格证呢。

我一边收拾残局，一边反思着迄今为止工作中的失败教训。

在广告代理公司跑业务时，某客户的公关负责人说了句“没问题”，我便信以为真。在还没得到对方老板的批准时就将工作继续推进，最终合同告吹，在公司内引起了不小的骚动，当时还拿着检讨书到外地的总公司去请罪。回想起来，每次都是因为自己考虑不周才导致失败连连，苦不堪言。

出了房间，又看到细山信夫老爷子拄着拐杖在厕所前徘徊。

我问他：“怎么了？”他说他想上厕所，但赤尾四郎老爷子在里面一直不出来，他不知道该怎么办。虽然有三个厕所，但男厕所只有一个。

“赤尾先生最近老糊涂*了吧，都十五分钟了还没出来，该不会是在里面睡着了吧。”

信夫老爷子一边扭着腰，一边急切地说道。

其实赤尾老爷子有便秘，每次上大号都要下一番苦功。我在门外跟赤尾老爷子打了一下招呼，赤尾老爷子应道：“马上就

---

* **老糊涂**：老人家之间发生点口角，看不起对方，觉得对方蠢笨的时候，就会用这个词或者说“傻了吧”。

出来。”

搞定这边的事，我又火急火燎地去完成早餐的准备工作。

饭后，有位老太太说找不到药了，我又着急忙慌地到处找，结果发现就掉在她的脚边。丢药是件特别严重的事*，我差点吓得魂飞魄散。

后来在收拾餐具时，还摔了两只碗，真是祸不单行啊。

富江老太太的床单还是被北村发现了。她发现全都漏在一侧，就指责我说，肯定是没有把尿不湿穿到位。被她劈头盖脸地训了一通，女同事也抱怨说“白天本就人手不够，真够添乱的”。

上午九点，终于忙完了一切，拎着空饭盒出了养老院，我把口罩**拉到下巴处，深深地吸了一口气。

突然看到楼房玻璃窗上映出一个低头行走的男人。透过倾泻而下的晨光，我看到一个胡子拉碴、头发稀疏凌乱、莫名茫然的男人。

这个筋疲力尽、蹒跚而行的男人一脸疲惫地看着我。养老

---

* **丢药是件特别严重的事**：如果搞错药、弄丢药，护工难辞其咎，要写检讨书。药剂关系到老人的生命安全，需要确认处方的内容，有时还须牢记于心。但有些人一次要吃十片药，也确实记不住。

** **口罩**：十分感谢市政府给每个从事医疗和福祉工作的人发放了五十个口罩。我们也会要求老人们在公众场所佩戴口罩，但还是有很多人会不自觉地摘掉。就像小孩子很难长时间戴着口罩一样，老人亦是如此。

院里去世的那几个老人的音容笑貌一闪而过。

脚下一个踉跄，我差点摔倒。

就在那一瞬间，窗户里似乎有什么东西动了。我看到了富江老太太和其他几位老人正担心地朝我挥手。

某月某日

不白之冤：
谣言终会平息

有一次上夜班，进了一个老太太的屋，瞧见她在那儿边看电视边感叹：“现在的外国人日语说得真好。”

当时正在播一部老洋片，说的的确是一口流利的日语。肯定是配音啦。

可我却附和道：“真的是欸。”此时言多必失。因为有前车之鉴。

那时我刚工作了半年，在养老院住了两个月的富山舟老太太找我聊天。

“那个叫稻田的女护工，你觉得她有八十公斤吗？”

稻田女士是个50多岁的护工，微胖，但我觉得应该没有八十公斤。

于是随口接了一句：

“没有吧，七十公斤左右吧。因为她不太高。”

“胖成那样再加上缺乏运动，要出毛病的。”

老太太好像还想继续聊稻田女士的身材。

“可护理这活儿本就很费体力，我觉得干我们这行刚好能解决运动量不够的问题。”

聊到这儿就打住了。可过了两天，我一上班就被院长叫了过去。

说是因为我说“稻田缺乏运动，体重到了七十公斤”，稻田女士对此很生气。

我也很生气。舟老太太有认知障碍症，况且大家在这行都干那么久了，难道不知道这是老人家的误解吗？我何故要受这不白之冤？

如果跟稻田女士道歉，就好像变成这话真是我说的了，所以我久久都没去回应这件事。之后，稻田女士和几个跟她关系好的同事对我的态度越来越冷淡。

我忍不住去找大岛院长商量。

“没事，常言道，流言不过49天*。我也经常遇到这类事，大家都会慢慢忘记的。”

当时，从未觉得他是如此靠不住。

之后我渐渐明白，他的话并非毫无道理。

也终于明白了，虽说干护理工作一定要心细，但太在意细

---

* **流言不过49天**：正确的说法应该是75天。但有些老人不到75分钟就忘了。他们还说“要把流言带去阴间”。

枝末节的话反而干不下去。

职业倦怠综合征是一种常见于护工、医护人员、救援队员的症状，据说那些责任心大、抗压性弱、太在意他人目光、神经敏感的人容易深陷其中。我和大岛院长正好是截然相反的人。

或许正因如此，老人们才常常将满腹牢骚说与我听。比如对饭菜的味道、白天的活动内容、洗澡顺序的不满，不喜欢某人的态度，等等。

有时候她们想缝点东西，就会让我去拿针线盒。因为老人家拿着针呀剪刀什么的不安全，所以肯定是不被允许的。而且跟院长或是物品管理员说了也没用，所以才会转头来跟我说。

“我去跟领导商量一下，可我只是个虾兵蟹将，结果怎么样可说不好。”

这种时候就得嬉皮笑脸地糊弄过去。

最近，舟老太太一边看电视新闻，一边问我：

“新闻上说老人要开始打疫苗了，我们院里从谁开始打？按年龄顺序吗？我是第几个？”

这种事我怎么可能知道，于是随便应付着。

舟老太太继续道：

“幸好我不是美国人。”

问她理由。

“因为，打赢了日本的美国人感染了新冠，都死了十几万人了吧？就这点来说，日本没死那么多人。幸好我是个日本人。”

这个解释虽然简单粗暴，却莫名地让人不得不同意。她虽有些糊涂*，但有时觉得她说得还挺有道理的。

“舟老太太，您的消息真灵通，您也一定不怕新冠病毒，是吧？”

“真山，你不是挺了解我的吗？”

我俩就这么一直闲扯着。

* **糊涂**：有个朋友在照顾患有认知障碍症的老警察时，老警察突然说：“跟我去趟警察局。”然后就差点被带走了。

某月某日

葬礼：

哭与不哭的员工

在养老院工作的人经常会目睹老人离世。

我有一个跟我差不多年纪的朋友是介护福祉士，从业已有十八年，参加过不少养老院去世老人的葬礼。

他私下跟我说：

“跟同事一起去参加葬礼或者灵前守夜时，肯定有一两个女同事会号啕大哭，但也是在假哭*。”

“真的吗？如果是关系好的老人去世了，应该会流泪吧？”

“真山，你想啊，我所在养老院的规模是五十到一百人。每个月都有五六个人被送去养老院的附属医院，经常是一去不回。个个都哭的话眼泪早就流干了。”

他说他在老人的葬礼和守夜中从未流过一滴眼泪。话虽如

---

* **假哭**：都说男人见不得女人哭。在养老院里有位老太太双手覆面，不停地揉脸哭泣，可细看却又不见一滴眼泪。问她为何伤心，她说不记得了。可能真的只是感觉到悲伤了吧。所以不能笼统地说她是假哭。

此，但这并不意味着他完全不怀念逝者。

“那些人为什么要假哭呢？”

“哎，就是那样的女人呗。她们这种人一出殡仪馆就在车里放声大笑，还诋毁故人……无聊至极。”

说话间，我想起了在韩国和中国有所谓的“哭婆*”。

“哭婆”是个职业。据说她们在葬礼上会旁若无人般地号啕大哭。丧主为了让葬礼显得隆重就会请来这些哭婆，请得越多越彰显财力。

我在一家小型养老院里工作，差不多只能住十个人。虽然院里的老人有进有出，但我接触过的总共也只有三十多位。

迄今为止只有一位**是在养老院里过世的，其他四位都是在离开养老院之后，在医院里去世的。因为我要值夜班，所以从未去给过世的老人守过灵。

每当听到有人去世的消息时，我就会喝一点烧酒，鼻头一酸，回忆起他们健在时的模样，想着“怪不得最近总说些看透世事的话，果然是命不久矣了呀”，或是觉得“这个老糊涂虽然有点好色，但性格还是非常开朗的”。

干这行之后，我越发觉得，我宁愿少活几年，也不愿像住在养老院里的老人那样，上了年纪要别人伺候端屎端尿，连一

---

* **哭婆**：据记载，直到战前，在一些岛上仍留有“哭婆”的习俗。

** **迄今为止只有一位**：就是在第一章《诡异的经历》里提到的千代子老太太。

口最爱的小酒都不能喝。

当然，他们也不想变成现在这个样子。是谁说的“年纪大了脾气就好”？看着他们因为身体越来越不中用而发火，甚至迁怒于他人，觉得这话简直就是一派胡言，但再过十几年自己也将步人后尘了。

因为规模小，所以就跟老人走得更近一点，关系也更亲密一些，道行尚浅的我还无法理解朋友所说的那种感觉。

大概是六年前吧。我伯母的晚年是在一家公寓式私立养老院*里度过的。她丈夫过世得早，也没孩子。因为病情突然恶化，还没从养老院办理完退院手续，就在医院里去世了。

伯母在本地的亲戚不多，我本以为守灵之夜会冷冷清清的。没想到，傍晚六点半左右，一群穿着黄色运动服和运动裤的人蜂拥而至，守灵大厅坐满了人，估计有二十多人。

这些人的穿着与守灵的气氛格格不入。他们都是伯母生前所在养老院的员工，下班之后特地过来跟伯母告别的。

我每周都会去一次养老院，因此与院长和员工都很熟。因为每当伯母提出任性的要求时，都需要我去和院长商量。

院长经常抱怨自己已经一个多月没有好好休息了，还半开

* **公寓式私立养老院**：不仅有自理能力的老人可以入住，而且需要外来护工特殊照顾的老人也可以入住。其中很多养老院除了提供三餐、洗澡等生活援助之外，还能帮助老人复健。

玩笑地说："真想去京都或者奈良那些有寺庙的地方，就此消失*。"那时养老院刚开办不久，他也确实忙得很。

我只觉得干护理这行太辛苦、太可怜了。

"承蒙各位多年来对伯母的关照，对于她素来任性的言行致以诚挚的歉意。"

在守灵之夜，我向院长表达了谢意。

伯母总是想要第一个洗澡**，吃饭的位置也一定要自己选，非常固执。最后在院长的协调帮助下，那些任性的要求一一得到满足。

"哎，如果赖子老太太不那么强势，也无法在那个动荡的年代活下来。"

他万分感慨地说道。

确实，伯母的一生充满了波折***。她一定多次跟院长提起往事吧。

"的确是一个不让自己受一点委屈的人。"

---

* **消失**：当时，那个院长看起来真的十分疲惫。现在终于能理解他的感受了。开业之初，跟有问题的入住老人和有脾气的家属面谈、招聘员工、培训职工、布置环境这些事应该非常辛苦吧。

** **总是想要第一个洗澡**：伯母说："有的老人会在泡澡时失禁，虽然工作人员每次都会更换洗澡水，但还是觉得硌硬，所以一定要第一个洗澡。"

*** **一生充满了波折**：她是私生子，就是小老婆生的孩子，从小就被送出去当养女，小学没毕业就辍学了。后来在纺织厂工作，结过三次婚，其中两次都跟同一个男人结婚（就是我的伯父）。听老一辈人说，不少人都是这般一生坎坷的。

我点头应道。

“虽然吃尽了各种苦头，但最后能安然离世，也算是万幸。”

他微笑着寒暄道。

我记得那夜守灵，一个员工都没哭。

我也是万万没想到，数年之后，自己居然也当起了护工。

某月某日

无所事事的一天：

“没有，什么都没干。”

有一天上晚班。傍晚到了养老院之后，我将用完餐的老人扶到轮椅上带回各自的房间，问道：“您今天都干什么了呀？”

85岁的岸本孝子老太太一定会说：“今天一天什么都没干。”

一旁的女护工闻言说道：

“孝子老太太，您今天画了很漂亮的画，还洗了澡呢。”

孝子老太太骤然眼神犀利，扯着嗓子说道：

“没有，什么都没干。”

每到这时，向来安静的她都会一改常态。

女同事就此打住，我怎么都想不通孝子老太太为什么会有此反应。有些老太太就算没人问，也会让大家知道她既干了这个，又干了那个。

有经验的女同事就说：“她可能真的什么都不记得了，在恨自己没用吧，其实真的没必要为此生气。”

乐观开朗的母亲在晚年也得了认知障碍症，有时我回老家，问她："你今天都干什么了？"她会笑着回答说："今天也霍都木有干。"

在我老家的方言*里，这个"霍"跟稻穗的"穗"、小船的"帆"发音一样，就是没有核心部分。即缺失了关键的部分，可以理解为没有结果、没规矩、没办法、没定论、没依靠等，有诸多解释，总之就是少了主心骨。记得当时我也没当回事，对母亲这么轻描淡写的一句话，只是顺口说道："是啊，今天霍都木干。"

母亲刚开始出现认知障碍症症状时，经常会在傍晚去一个离家五十米、上坡路口的小吃店门前，坐在长凳上看那些爬坡的人。我家就在坡顶的小区边上。

第一次看到母亲这个样子时，我从车上下来问："妈，你在这里干什么呢？"她瞥了我一眼，马上又把视线转回路上。

那时，她正好看见路过的中学生，差点就要上去搭话。

我突然意识到，她在等的该不会是初中时候的我吧？我记得以前上学时，学校有社团活动的那几天经常会很晚回家，母亲必定会在那里一脸焦急地等着我回家。

---

* **老家的方言**：老人家说的鹿儿岛方言，就连我这个年纪的人也听不太懂。养老院里的老人也不例外，有些口齿不清楚的，要听好几次。其中南九州的颖娃町（2007年合并进了南九州市）的方言因为很难听懂，被戏称为"颖语"。我也完全听不懂。

一到傍晚，很多住在养老院里的老人就会特别想出去，想回“家”。此时的“家”通常是指他们的老家。

这种行为在护理专业术语中被称为“黄昏症候群*”。

确实，对患有认知障碍症的老人来说，所有的生活起居都由护工来打理，过着被安排好的每一天，不就正如孝子老太太所说的“什么都没干”吗?

随着认知障碍症状越来越严重，有些人会忘记自己的丈夫、妻子，甚至连孩子都不记得。偶尔能认出人来就算是好的了。

有个老人的孩子和家人会经常过来探望。但如果护工跟她说:“真好呀，今天大儿子特地过来看你了呢。还给你带了乳酸菌，这孩子真孝顺。”她就会一脸茫然，非说儿子已经好几个月没来了，也没说过话。总之过往诸事一键删除。

遗憾的是，对患有认知障碍症的人来说，眼下所见即一切。

可对某些过往，特别是很久以前刻骨铭心的经历，他们却能牢记于心。

亲历战火之人**往往都能生动地描述出当时的情景，每次说

---

* **黄昏症候群**：一般是因为不安、空虚、焦虑。在某些情况下，他们会回到童年或年轻时的自己的状态。家里重新装修之后，即便仍住在同一处，还是想回到以前的房子里。

** **亲历战火之人**：上了年纪的老兵很少谈及他们的战争经历，我能理解他们不愿回忆往事的心情。但是老太太们常常往事重提，当电视上出现空袭镜头时，有些人也不敢看。

的也别无二致。

孝子老太太就是如此。

她说她小的时候，好几次逃进防空洞里。她能十分详细地说出那些在同一个防空洞里的人名、年龄以及当时的样子。

就像在看纪录片似的。

老人们都觉得岁月流逝，时间就像上了加速的发条*。我也深有体会。

一年的时间，对5岁的孩子来说相当于人生的五分之一；但是对60岁的人来说不过就是六十分之一。有个理论说，活得越久就越没有新鲜的体验和刺激的事情，加之记忆衰退，对时间的观念便会越来越模糊，所以就觉得时间流逝得很快。

如果此论在理的话，那对孝子老太太来说，一年的光阴也不过转瞬而已。本来就是嘛，因为大部分时间都无所事事。

---

* **岁月流逝，时间就像上了加速的发条**：被领导骂时，感觉时间特别长；跟朋友一起玩时，又觉得时间过得特别快。据说主观上的时间速度被称为心理时间。对万物表现出好奇心、兴趣和挑战欲的老年人，或许可以通过高质量的时间来保持年轻，尽管时间的步伐可能会加快。

某月某日

职业病：

会不由自主地去留意老人家

自打在养老院工作之后，我就对声音特别敏感。像是呼叫铃、防止腿脚不便的人随意起身的传感式脚垫发出的声音、警报器、防止老人擅自外出的玄关门上的感应器、微波炉的声音、跌倒的声音、掉东西的声音、抽搐般的笑声、叫喊声……

有一次下了夜班，顺道去便利店买啤酒，门口的感应器发出的一声叮咚声，让我误以为是呼叫铃响了，差点吓得啤酒都掉了。

再者就是，连着上几天夜班的话就搞不清今天是周几了*。换作以前，还能通过喜欢的电视节目、电视剧来判断日子。比如今晚九点会播某部电视剧，所以今天是周一[1]。但是上完夜班，特别是晚上出了点状况没能睡好的话，就变得稀里糊涂的。

---

* **搞不清今天是周几了**：问老人今天周几了，他们的回答也很随性。让他们写一个日历，很少有老人能写对日子。但他们一定不会弄错自己生日的月份。可当问他们多大的时候，老太太们又一定会少说20岁。

经常是回到家打开早报才知道今天是周几。养老院本就全年无休，而且上完夜班，莫名地觉得早晨的太阳特别刺眼。也许提供夜间服务的那些人也都差不多是这种感觉吧。

虽说对声音敏感了不少，但在上夜班时如果万籁俱寂也会心生不安的。

经常起夜的老人没出房门一步，就会不由得开始胡思乱想：不会死了吧，或者昏倒了。特别是在冬天，因为热休克*而去世的老人不在少数。

另外，在开车的时候，看到晃晃悠悠地走在人行道上的老人就会特别留意。如果跟养老院里的老人年纪相仿的话就会更加担心，甚至会一边开车一边对路过的年轻人嘟囔道："你去帮忙扶一下那个老人家啊。"

在当地农村，经常能看到上了年纪的人还骑着摩托车行驶在农田小道上，还有驼背成45度甚至是90度的老婆婆推着手推车缓缓行走的身影。

一辆小卡车从旁驶过，看得令人胆战心惊。

不知不觉地，就算不在养老院里，也会习惯性地去留意老人的一举一动。

---

* **热休克**：由于气温的变化导致血压起伏，从而引发血管性疾病。在冬天，多发生在从客厅去浴室或者厕所的时候。在风水中有"鬼门"这一词，指的是东北方向。那个方向因日照不好，一般较为阴冷，据说在以前不能建浴室和厕所，应该也是跟热休克有关。

有一次，在一家荞麦面店看到一对老夫妇吃荞麦面。

两个人都吃得很慢，我担心荞麦面要凉了。

就像在养老院里帮老人吃饭时一样，他们张嘴的时候，我也不由自主地一起张开嘴说："啊。"

在日常生活中关注老人的一举一动，也算是护工的职业病。

译者注

1　日本的电视剧采取周播制，在每周固定的时间播出。所以可以根据所播的电视剧知道今天是周几。

某月某日

每天整妆待死：

百岁老人的喃喃自语

儿玉松代老太太是养老院中最年长的老人，已有百岁高龄。她房间的墙壁上挂着一幅由总理大臣颁发的装裱精美的百岁贺状。

贺状送来的那天，我一进房间，她便得意扬扬地指给我看。

“总理大臣颁发的贺状，好厉害啊。”

我感叹道。

“但我听说贺岁金越来越少。”她用大拇指跟食指比了个圈[1]，比了个像佛手一般的手势笑着说道。

毕竟在日本，百岁以上的老人*已超过八万。听说市政府会给每个特定年龄的老人发放贺岁金，但由于财政拮据，发放的金额有逐年递减的趋势。

---

* **百岁以上的老人**：八万人当中有九成是女性。日本人的平均寿命，女性87.5岁、男性81.4岁（2019年数据）。65岁以上的老人占总人口的三成，并在逐年上升。到2025年，每1.8个20岁到64岁的人就要照顾1个65岁以上的老人。到时贺岁金应该也没了吧。

虽然松代老太太耳朵不太好使，答非所问，但头脑清晰。

她每天起床后，一定要化妆。

她用我递上的温热毛巾擦完脸之后，会先用梳子梳理一下头发，然后在脸上涂抹化妆水，用手轻拍脸颊，然后涂上粉，最后抹上淡红色的口红*。我在一旁看着，她跟我开玩笑说："我每天都在给自己的遗容化妆。"

她饭量虽小，但从不剩菜。最爱吃的是肉，特别是鸡肉。虽然满口假牙，但无论什么都细嚼慢咽，还特别注意补充水分。

她会闭着眼，一直吸杯中的水或者茶，直到我说"可以了"她才停下。因为摄取了大量的水分，所以虽然身材娇小，尿量却大得惊人，而且她从不便秘。作为高龄老人，非常难得。我想或许是喝了很多水的缘故吧。

其实养老院里的老人，特别是女性，大半都有便秘的困扰。所以会在睡前服用便秘药。

上完夜班，跟早班的同事交班时，略微寒暄，上来就问"某某和某某排便了吗？""量如何？""硬不硬？"。因为老人家的腹压很弱，再加上不怎么运动，很容易便秘。

如果长期没有排便的话，就需要在肛门处涂抹润滑剂，用

---

* **抹上淡红色的口红**：就算过了100岁，也有化淡妆的人和化浓妆的人。有一位老太太，手一直抖，口红全涂到嘴唇外，就跟福笑（一种蒙眼把五官贴到脸上的游戏）似的。我看见后没忍住，笑出了声，结果那一整天，她都没搭理我。

手指把大便抠出来，称为“指塞”。但这属于医疗行为了，身为护工的我无权处理。

松代老太太娇小的身躯横卧在床上，问我：“你有按时领到工资吗？”

“有啊，都能按时领到工资。”

“五千日元*有吗？”

“有，还不止呢。您放心吧。”我回答道。她眯起眼睛微笑道：“看来还能勉强度日。”她好像一直在同情我，觉得我总是被其他同事训斥，所以没精打采的。

她房间的书架上有一本年轻作家写的小说，当时还得了芥川奖。偶尔会见她翻一翻，但看得很慢。因为只要看夹在书页中的书签就能知道。她一看书就犯困，经常看见她将书摊在胸口睡着了。

有一次我问她：“这本小说有意思吗？”

当时她就评价道：“一点意思都没有，所以一直看不下去。”

我觉得不能跟活了一个世纪以上的人说“那就换本书**看吧”这种话。她跟一般的老人不一样。

---

* **五千日元**：我不知道她说的是日薪还是月薪，或者是百岁老人把现在和她那个年代的工资搞混了。比如昭和二十五年（1950年）的月收入是一万日元左右，她可能觉得我就是个低收入的可怜老男人吧。

** **换本书**：市面上有出售面向老人家的大字书，我抱着试试看的心态，把书带到了养老院。老人看了却说这是给小孩子看的，坚决不看。

虽然她自己行走不便，却十分担心我的身体。

“有时候必须得吃点有营养的东西，你有在好好吃饭吗？”

她果然慧眼如炬，看穿了我的日子过得十分拮据。

松代老太太一直期待着人生中的第二次奥运会，可惜在第二年，她被送入医院后便与世长辞了。

译者注

1　用大拇指跟食指比了个圈：类似OK的手势，中指、无名指、小指并拢。在日本这个手势代表钱。

某月某日

自吹自擂：
为了维护“一个人的尊严与价值”

护理培训教材中写道，护理的基本理念是“守住一个人的尊严与价值”，立志成为护工的人必须“深谙人心”。

确实言之有理。

此外，书中还引用了一位著名学者的话：人的“一辈子都在成长”，晚年正是“人生的收获期”，是“人生之集大成”。

只是看着我们院里住着的大多数老人，我想这句话大概也因人而异吧。

我总觉得，在他们寥寥无几的余生中，支撑着内心的大多是过去的成就、骄傲，或者说是虚荣心。

还需要举例说明吗？住在养老院里的老人开口闭口全都在吹牛。而且，跟所谓的“人生之集大成”在内容上有着天壤之别。

当然，工作期间我也会认真聆听他们吹牛皮。因为必须跟他们“共情”啊。

即便知道鬼话连篇，也得一边听一边奉承说：“哇，好厉害啊。”我们必须守住他们的“尊严与价值”。

这需要极大的耐心。没有比听别人吹牛皮更无聊的事了。老人家经常说着说着就跑题，前言不搭后语，更让人觉得索然无味。

我们院里的老人吹的牛皮多是以下这些内容。

先来说说园田福子老太太。

首先，必须来段儿孙夸夸秀，算是起承转合里的“起”。

“我儿子毕业于国立大学，现在在K银行担任分行行长。”

“好厉害，不愧是福子老太太您的儿子呀。”

我重重地点头称赞。

“这回孙子也通过了教师资格考试，成了一名语文老师。”

“一家子都太优秀了。”

我继续吹捧道。

接着她就开始吹嘘自己了。

“我念小学时，语文朗读就特别棒，经常在大家面前朗读读后感。因为喜欢读书，所以在孩子长大、不再需要我照顾的时候，就开始写俳句。结果在一个很有名的俳句比赛中得了一次第一和两次第二。俳句老师都惊讶万分，因为我刚开始接触俳句还不到两个月。”

原来如此。她想说的是儿孙的才华是源于自己的才能。

这应该是起承转合中的“承”了吧。

“果然有才华。”

一边附和，一边佩服她的这番话铺得实在是太妙了。

“我弟弟从小就不爱学习，说长大后不要干脑力活儿，于是就当了卡车司机……不过呢……”

按起承转合*来说，这应该到“转”了吧？突然话锋一转，不过这话听起来对卡车司机有点不太尊重。

“我弟弟，也不知道怎么了，参加了报社举办的散文比赛，写了一篇关于运输行业的文章，突然就拿回了一个优秀奖。”

“很厉害啊，果然血统不一般。”

这可真是没想到。

“我马上给弟弟打了电话，祝贺他的同时，问他是什么时候开始写文章的。他说那是他第一次写散文，碰巧得了个奖而已。”

“嗯，果然天赋异禀，不愧是福子老太太您的弟弟呀。”

“到头来，知识会让人生变得多姿多彩。真山先生，你也应该多读读书。”

福子老太太最后都会以这句话作为结束语，这就是起承转

* **起承转合**：听说在写作课程中，面向老年人，一种通过起承转合来书写回忆录或是自传的写作方法正在悄然兴起。许多人往往在写到历经人生大风大浪的40岁到60岁，即“转”这个部分时陷入困境。

合里的“合”了吧。

如果没有像福子老太太有那么优秀的儿孙或者近亲的话，那么用来吹牛的素材范围就得往大了找找。

类似“我侄女在全国运动会的跳远比赛中是九州区第四”或是“我侄子在高中美术展上得了一个鼓励奖”。

他们会将报道从报纸上剪下来作为证据给你看。有人甚至会把家谱*的复印件拿出来，细数自己的家族根源。

更有甚者会炫耀一些莫名其妙的事，比如“我丈夫的肩膀跟职业摔跤选手一样宽”。

“我家曾经是大地主，某某镇20%的农田都是我家的土地，但在土地改革时期差不多都被廉价收走了。”

好想怼上一句，如果真有这样的家世又怎会来我们这种廉价的养老院呢。但还是得假装饶有兴趣地说：“原来如此啊。”

如果既没亲戚又没家世可以炫耀的话，那就只能说些认识的人了。

比如说“我家大儿子的好朋友，可了不起了。在NHK的

---

* **家谱**：从一位从事家谱调查工作的朋友那里听过一个匪夷所思的故事。有一位老夫人，最先嫁给了四兄弟中的长子，但长子在战争中去世了；接着她又跟次子结了婚，次子也病故了；然后她嫁给了三儿子，三儿子也亡故了；现在她与四儿子结婚。朋友说：“她可能是个相当不错的女人。”可我觉得与她结婚的男人一个接一个去世，虽说是巧合，但也不免让人毛骨悚然。

《好歌声》*里拿到了三盏灯”或者是“演歌歌手某某某，跟我家老二是同一个年级，经常来我家玩”。

如果连认识的人都没有的话。

“我以前养过一只小狗，叫小次郎，它总是在家门口一直等老公回家，左邻右舍都对它赞不绝口。它最喜欢吃黄瓜，头顶上还有个心形的花纹。”

拿来炫耀的已经不再拘泥于人类了。

如果连这样的亲戚、熟人、家世、宠物都没有的话，就会说：“十三年前，从我家地里挖出了一根形状奇特的白萝卜，还拍了照片，刊登在了老家的报纸上。说是让人联想到女人的下半身，在邻里间引起了轰动。”

…… ……

81岁的町田明子老太太是个令人难忘的吹牛皮大师。

而坂元康子老太太一定会针对明子老太太吹的牛皮逐一攻击，两人的对话，在一旁听着都觉得尴尬无比。

不过身边都是闲得无聊的老人，有些人也会听得兴致盎然，甚至感同身受。听完故事后，有那么一瞬间会向明子老太太投去羡慕的目光，但通常一个小时之后就会忘个精光。

---

* **NHK的《好歌声》**：老人家非常喜欢NHK的经典节目《好歌声》。其中有些人会一边看电视一边跟着一起唱。基本上不记得歌词了，像北岛三郎的《与作》这首歌，就只会跟着一起唱“嘿嘿吼”，很是有趣。

因此这种吹牛皮大会就像例会一样在养老院里反复上演。你就觉得，嘿，又开始了。但是老人们百听不厌，就像是头回听说。

“我的丈夫曾是一名行政书士[1]。”

明子老太太得意扬扬地说道。

“我外甥的二儿子也是行政书士。现在要拿到资格比较难，但是以前，要拿这个资格并不难。”康子老太太怼道。

“不、不。在我们村里，我家老公是第一个拿到这个资格的人，而且考了全场第一。他还代表全体考生领了证书。”

“要是医生或者律师还差不多……”

康子老太太再次杠上了明子老太太。

明子老太太开始生气了。

“我娘家在E町一丁目。那里曾是城下町的中心地带，我家祖上曾为城主家族效力，所以才能住在那样的一等地带。”

“不过就是家臣罢了。”康子老太太插嘴道。

“现在，那位城主的名字已经成了当地的地名。不是有个叫今和泉的车站吗，就是那个家族*里当家臣的。”

明子老太太自顾自地说道。

---

* **家族**：很多老人都会以自己的家族为豪。鹿儿岛有许多低级武士家族。西乡隆盛也是低级武士出身。院里老人经常会问：“你是源氏还是平氏？”如果回答“不知道”，就会被嗤之以鼻：“你连这都不知道？”

“今和泉站我以前去过，就是个穷乡僻壤而已。”

说到这儿，明子老太太突然急眼了。

“康子大姐是从大隅来的吧。大隅那个地方连高楼都没有，一眼望去全是农田。”

“别小看大隅。我是在鹿屋市长大的。不仅有商业街，还是自卫队的基地。那个很受欢迎的艺人阳光池崎，他的家人就在那附近种烟草。”

直到这会儿我才意识到我写的净是些老人们不着调的无聊的夸夸其谈。或许我在听他们漫无边际的对话时感受到了某种快乐吧。

译者注

1　行政书士：一种日本特有的法律职业。是代理个人或企业法人与政府部门打交道，处理登记、报批、办理执照、项目审批等业务的职业，需要通过特定的资格考试。

某月某日

算命先生：

为什么算得那么准？

养老院里曾经住着一位在繁华地段开过酒吧，同时还给人算命的老人，名叫吉原纯一郎，是个看起来有些神经质的瘦老头，个性有些古怪，却跟我十分投缘。

有时他会无缘无故地一整天不吃饭，有时又会固执地非要睡在硬地板上，大家都担心他把身体搞坏了。他年纪虽大却一点不糊涂，只是左腿有些行动不便。

他特别喜欢聊天，每当我转到他的房间时，他总是迫不及待地开始跟我讲他的往事。他的书架上摆着很多跟占卜有关的书籍，据说他擅长的是算名字和看手相*。

他还说自己的身体不行了，算出自己在养老院最多待半年。事实也的确如此。

---

* **看手相**：我对看手相很感兴趣，因此偶尔会偷偷看老人家的手相。据说生命线（从食指和拇指之间延伸到手腕方向的线）越长越清晰就代表越长寿。那些过了90岁的老太太，还有百岁老人儿玉松代老太太的生命线都是如此。看来还挺准的。

我从小就对占卜感兴趣，所以问了他许多问题。

“算命，真的准吗？”

“嗯，究其根本，其实是概率论。我的水平其实也就比业余的强一点点。”

“是吗？”

“话虽如此，但因为算得准，所以也小有名气，靠这个挣了点钱。跟酒吧一起搞，算是兼职，做夜晚生意的小姐特别喜欢算命。”

“那你是怎么给她们算命的？”

“首先，如果对方喝醉了，就先试着猜对一件事。比如有个最常用的方法就是说‘您父亲不在身边了吧’。”

既可理解为“去世不在了”，也能理解为“不在一起住”，两种解释都能圆回来，被问的客人就会惊讶道：“你怎么知道？”之后就会对老爷子的话深信不疑，把自己的秘密和盘托出。然后利用这个时间差去回答她的问题。一旦对方说“你怎么知道这些的？”这种话，就意味着上钩了。

利用算名字再加上看手相来占卜，可信度大增。

毕竟20多岁的女孩子是不太可能来酒吧找老板问“我有个新业务想来咨询一下”或者“我的公司经营不善”这种事的。她们想算的八成都跟恋爱有关。就像那些50多岁、穿着皱巴巴衬衫的老头是不可能说“我想算一算姻缘”这种话的。大概一眼就能看出来人想测的是什么。

那些不得志的中年男人来问的大多是关于公司资金周转、裁员、跳槽等问题，这种时候要在对方开口前，了然于胸似的先跟他说“工作很辛苦吧”。基本上就能掌控局面了。接下来，就只需顺着对方的话点头附和，复述他的话就行，特别是喝醉了酒的客人，绝对能算得八九不离十，因为客人自己就会给出答案。

另外，他还跟我讲了一些算名字的趣事。他说以前歌手的艺名大多用的是左右对称的汉字。比如舟木一夫、美空云雀、千昌夫。说起来好像的确如此，但我觉得也有可能是他举的例子恰巧如此而已。此外，他还说近代年号的笔画数都不赖。

令和元年（2019年）时，纯一郎老爷子说了一些奇奇怪怪的话。

“令和这个年号，笔画数和发音都不错，只是换成罗马拼音之后有点问题。”一边说一边在纸上写起来。

“REIWA，你看，有个‘WAR’，对吧？”

“呀，的确是啊。”

“这是战争啊，或许日本会卷入一场经济战争。”

他真心流露出担忧之色。

令和元年7月，他在养老院里去世了。虽然没算出会发生新冠疫情，但的确受到疫情的影响，中美之间产生了更激烈的贸易摩擦。这可能就是他所说的经济战争的开始吧，但这好像又是明摆着的事。

纯一郎老爷子曾为我算过名字。虽然觉得他算得很准，但一想到他用的技巧，便不足为奇了。因为在他面前，我变得很健谈。

我父亲是干建筑的，我自小便衣食无忧。父亲的育儿方针是“只要不作奸犯科，就是孝敬父母”，所以我是在相对自由的环境中长大的。在父亲的放任主义和母亲的乐观性格培育下，我过得无忧无虑。

虽然进了一家在当地还算不错的高中，但因为那时一心想着当画家，整天画画，所以自然而然没能考上大学。复读一年之后，勉强上了一所第三志愿的私立大学，但依旧沉迷在美术部里画油画。毕业后回到老家，我一边帮着家里的生意，一边创办了一个环境材料公司，同时还开了两家居酒屋。

结果一事无成。最终，五十好几的我只能在养老院里给老人换尿不湿。

“真山先生有先见之明，而且想法也都不错，只是缺乏长期默默经营的耐心，太急于求成了。”

正如纯一郎老爷子算的那般。

我盘下了一个现成的居酒屋*来降低成本，并雇用一些曾在居酒屋工作的老年人来领取雇用老年劳动者的政府补贴。经熟人介绍招了几名不错的员工，但这些老太太不是腰痛就是感冒，经常请假，导致店铺无法正常营业。而且店的位置也不太好，于是我又在可配送范围内发传单，推出了各种下酒小菜组合的“夜酒套餐”，开始送外卖。

虽然在新冠疫情期间，外卖行业成为焦点，但我早就开始这么干了。

但问题又来了。她们虽然有驾照，可都不会骑自行车。最终只好另雇他人来送外卖，这么一来人工成本就太高了**。

我觉得选择环保材料也很有眼光。这是一位年过七旬的熟人开发的防杂草铺装材料的销售和施工业务。

是一款难得一见的好产品。比如院子里、走道上，老人家除草很不方便。如果用了混合了我们公司铺装材料的土壤，不仅渗透性强、不易积水，而且还有洒水效果，比如在夏天，下一场雨就会变得很凉快。只是当时知名度太小，施工也很费工夫，所以一直难以推广开来。

---

* **现成的居酒屋**：保留之前店铺的装修、厨房设备等，对新店主来说，可以减少前期投资。但是在原本生意不景气的地方经营同种行业需要很大的勇气。就像我，盘了一家居酒屋继续经营，最终还是倒闭了。

** **人工成本就太高了**：老太太们经常生病，每次安排出勤都要绞尽脑汁。但因为她们都是很善良的人，又没办法解雇。

细细想来，不知为何，我好像命中注定会跟老人家扯上关系。

撑了几年，最终关门大吉。但没过几年，太阳能发电开始普及。听说在农田、草地铺设的太阳能电池板，四周除草很费钱。有家企业看中了我家的材料，但那时我们的产品已经停产停销了。

“再多挺一段时间的话，就能接到大批订单了。”

带来这个消息的建筑公司老板惋惜地说道。

迄今为止，我尝试了各种各样的工作，都不尽如人意，最终债务缠身，把房子卖了。现在跟妻子两个人住在月租五万日元的旧公寓里。

以前天天被人唤作老板、店长、常务，现在摇身一变，成了职场里的一个小喽啰。过去围在我身边的那群人也作鸟兽散了。

向往都市生活的孩子们*，一早就离开了家，偶尔给他们发邮件，也很少回复。他们看到我不断尝试新的事业但又屡战屡败的窘态，大概会觉得很无奈吧。

尽管家中经济拮据，妻子依旧一直照顾我那患有认知障碍

---

* **孩子们**：长子在本地大学毕业之后，进入本地企业工作，几年后辞职，去了他一直向往的东京。次子在关西的大学毕业之后，就直接进了一家东京的公司就职，从此音信全无。但他们好像偶尔会跟妻子联系。

症的老母亲。在母亲去世之后，还把父亲接来同住，直到94岁去世。我此生对她感激不尽。

纯一郎老爷子也帮我算过晚年的命运。他说我每隔二十年就有一次命运大波动。

20岁的时候离开父母，享受自由。40岁时虽然跟常人一样拥有了家庭，但回想起来，那时或许就是一个分水岭。慢慢地，工作齿轮开始不受控制。接着就是60岁了，用他的话说就是“大潮将至”。

那么，能否乘风破浪呢？最终还是得看自己。

第三章

说辞就辞的人和无法轻易辞职的人

某月某日

耍滑头的工作：

好的养老院怎么选

在做护工之前，我在广告代理店跑了几年业务。公司倒闭后，一下子变得穷困潦倒*，只好干起了护工。

我在广告公司跑业务时，接触过很多家养老院，就算是外行也看得出养老机构良莠不齐。

我们公司的主要业务，是在市政府机关寄给居民的通知单信封内页，以及垃圾分类回收日历台纸的空白页面上刊登本地企业的广告。公司的经营模式，是将广告收益的一部分用于购买和印刷信封、日历，然后再免费提供给政府。

有政府机关背书的媒体会给人一种安心感。当然了，问题企业是绝对不可能通过政府的审核成为广告赞助商的。

这样政府机关因此省了一笔开支，我们公司也能得到一笔

* **穷困潦倒**：好在不是自己提出的辞职，所以不需要等三个月，立马就可以领到失业保险金，但是只能拿到之前工资的七成，即十四万左右，感觉自己天天在遭受妻子的白眼。

不小的收益，互利互惠。

再者，地方企业或多或少都需要市政府的关照。好歹我们也是一家代理市政府广告业务的公司。有这层关系在，去拉广告的时候不会直接吃闭门羹。当然这样确实有点投机取巧。

但其中也有回报率很不错的广告。

养老院、日托护理中心等养老机构，都喜欢把广告刊登在从社保课寄出的《护理等级认定通知单》的邮件信封上。刊登在政府来件信封内页的广告，给人的印象像是政府在为这些机构背书。

建筑公司的负责人经常会问："如果我们买了广告，中标的机会能大一点吧？"他们希望在政府招标项目中获益，但我们是绝对不能许下任何承诺的。

其实政府机关也不会有任何偏袒，但是我们想要拿下订单，就会讲一些模棱两可的话，比如说"还望您体谅一下*"。

比起信封，更受欢迎的是政府分发的垃圾分类回收日历。

因为一年到头都会贴在各家各户的冰箱门上，天天要看到。

垃圾回收公司肯定喜欢在日历的广告栏上打广告。此外，

---

* **还望您体谅一下**：其实这是一个万能词。即便以后对方说"跟你说的不一样"，也可以曲解为只是对方的一厢情愿。不过，这句话对养老院的老人不管用，因为他们什么都不会体谅。

遗物整理*公司、养老院、医院、白蚁防治公司、建筑公司和殡仪馆也都争相抢广告位。

从前，丧葬业是一个不太好大肆宣传的行业。现如今，几乎所有本地的殡仪馆都加入了这个政府批准的项目。在某市垃圾分类回收日历的下方，一个4cm × 8cm大小的广告栏竟然卖到了十五万日元。但试想一下，如果印刷了五万份，只要有一个人找上门，就回本了。

在四处拉客户的时候，我去过一家非营利性机构，那是一家由自住房装修而成的日托护理中心。房子极其偏僻，用导航定位也找了半天。

我看到院子里种满了蔬菜和鲜花。

再往里一看，一间破旧的房子，有五个老人在一边玩游戏一边唱歌。这是由夫妻俩经营的一家充满了欢声笑语的机构。

为了照顾自己的父母，他们辞去了工作，离开都市回到家乡，开始经营这家机构。据说是因为当地很少有廉价的能托管、照顾老人的机构，自己的父母无人照料，便回老家开设了这个机构。

这对夫妻为人亲和。我们在聊业务时，老人们就像跟自己

---

* **遗物整理**：有个朋友从事的是空巢老人孤独死后房间清理和遗物整理的工作。他说夏天的时候，他们一打开门，就会同时喷几瓶除臭剂，等过一阵子再进入房间。他曾看到榻榻米上留有死者形状的痕迹。要是我肯定干不了这份工作。

孩子说笑一般，说“小新啊，下一首歌你来唱吧”，或者“小清，这个男人是谁啊？”。就让人觉得有种家庭的温暖。总之那里的老人个个都露出灿烂的笑容。

“十分感谢政府的关照，我们也非常想加入，但就目前的经营状况来说有心无力。”他婉拒道。虽然最终没能签下合同，但回去的路上我只觉得神清气爽。

后来我去了另一家养老院，简直是云泥之别。我约了院长见面，提前就到了，却被晾了半天。那是一家装修得跟高级酒店一样、价格昂贵的养老院。院内静静地流淌着古典音乐*，但是在大堂休息的老人一个个面无表情。工作人员忙碌地穿梭着，也是神情木然。

等候在会客室期间，好像听到了员工训斥老人的声音。

后来在给那位50岁左右、长相粗犷的院长介绍公司业务的短短十五分钟内，员工不停地给他打电话。

他显然不耐烦了，对员工下命令“没办法了，再加点安眠药吧”，或者是“过段时间就忘了，不用管他”。

终于等我讲完，他拿起我递交的广告企划书，压低了声音说道：

---

* **古典音乐**：据说听古典音乐，能让奶牛多产奶、母鸡多下蛋，对胎儿也很好。在鹿儿岛，有一种“音乐酿造”的方法，在酒窖里播放音乐，来提高烧酒发酵的效果。有研究报告指出，在养老院里播放音乐能缓解老人的不安与紧张，减轻工作人员的压力。但有些养老院会播放演歌，就像在居酒屋似的。

“因为是政府牵头的企划，我才勉为其难地听一听。不过你们这种生意，有句俗话，怎么说的来着？”

“俗话吗？”我不解道。

“想起来了，狐假虎威。”

这也太直白了，我都忘了当时是如何回应的了。

最后他说会考虑考虑，但也不了了之。这是常有的事，我也没放在心上。比起这个，让我记忆犹新的是那个院长和那家养老院给我留下的极为糟糕的印象。我觉得养老院由那种人来当院长，也好不到哪里去。

干了护工之后，我也明白了一些事。

所谓的“没办法了，再加点安眠药吧”是为了减轻员工的工作量，给半夜经常到处徘徊的老人服用超剂量的安眠药使其入睡。只是，养老院很少会真的加大安眠药的剂量。

一般会跟老人说“这是很贵的特效药”，然后给他们服用的只是用普通面粉做的药片。医学上也证实了，有些时候吃药的人如果坚信有效果，就真的会见效，这种现象被称为“安慰剂效应”。听说在一些养老院里，给失眠的老人服用的只是薄荷剂，却跟他们说：“这是速效安眠药。”

“过段时间就忘了”这句话，我现在也深有体会。

有些老人每天会任性地说今天不想洗澡*，今天绝不吃药。那种时候我也会晾上一段时间。与其勉强说服他们，还不如让他们自己忘了自己刚刚说的话。这招屡试不爽。

养老院等级天差地别。有的养老院入住前就要交几千万日元保证金，每个月至少要收取三十万日元；有的养老院则不需要保证金，每个月的费用不到十万日元。

还有很多低保户也可以入住的养老院。当然贵的养老院，除了在房间、设备、饮食上更豪华，还能享受到更高级的服务。

但的确也有金钱无法衡量的东西。

这只是我的个人心得，在这里教大家如何去判断一家好的养老院和不怎么样的养老院。

长年在求职咨询中心的招聘网站、转职网站上挂着招聘启事的机构一般都不怎么样。我那个当介护福祉士的朋友，凭借数年来在多家养老院的就职经验，也是这么认为的。

不以员工为重的养老院，会让员工心灰意冷。总之三天两头就有人辞职的养老院肯定不怎么样，更不必说会好好照顾老人了。

---

* **不想洗澡**：很多老人都不喜欢洗澡。有些人是觉得脱衣服、穿衣服很麻烦，有些人是不知道会被护工如何对待而心生不安。还有人说自从小时候被父亲扔进五右卫门式的澡盆里之后，就讨厌洗澡了。

如此想来，似乎我所在的养老院也有问题。虽然同事们都老实巴交、勤勤恳恳，老板也不是唯利是图之人，但很多人还是因为人际关系而辞职，确实存在着很大的问题。

而这个问题多半跟北村嬷嬷有关。她的做事风格就是即便脏活累活也要细致入微、精益求精。虽然这点无可厚非，但是她要求人人都要像她那般完美，没达到她的标准就会暴跳如雷。而且她生气时会夹带私人情绪，抓住别人的弱点把人骂得体无完肤。

每次北村来上班之前，大伙儿就会相互督促，说："这个做不完的话，又要被北村骂了。""你的妆太浓了，小心被骂。"

反之，她轮休的时候，院里一片祥和，大家干起活儿来就特别轻松。

某月某日

不到一周就辞职了：

“我觉得我尽力了。”

我把听来的事情原委原封不动地叙述一下。

“早上好。”小伙子幸助一边打招呼一边推门进屋。

他跟房里的永吉安子老太太说：“我去帮你把窗帘拉开。”说着就要去窗户边拉窗帘。

这时躺在床上的老太太问他：“外面的天气怎么样？”

他掀开窗帘的一角看了看，说：“下着雨呢。”

“下雨的话，就别拉开窗帘了。最近一看到下雨心情就不好。”安子老太太不让他把窗帘打开。

他便依了安子老太太，重新拉紧了窗帘，并打开了房间里的灯。

安子老太太满意地笑着同他道谢。

一小时之后，幸助再次出现在安子老太太的房间里。

身旁还有一人，就有院里的管事*北村照美。

一个57岁的离异女人，素来不苟言笑，一旦笑起来就跟相扑横纲朝青龙一个样。

记得我刚来工作不到一周的时候，有一次上夜班，忘了关厨房三个煤气总阀门中的一个，仅仅是忘了关那根管道的总阀门而已。

早上北村来了之后发现了，劈头盖脸就把我骂了一通。

“真山先生，要是发生了地震会引起爆炸的，这是常识。”

我觉得其他两个都关了，不至于会爆炸，但狡辩的话无疑会火上浇油，而且也确实是自己疏忽了。

“对不起，今后一定注意。”我只管低头道歉，这时候无论如何都得忍住了。

还有，她看到女同事慢吞吞地将老人扶到轮椅上，就会说：“万一打仗了，怎么办啊？大家都得死。”或者是看到有同事没把浴室里的水龙头关紧，太阳穴上立马青筋暴起，怒骂道：“如果发大水，第一个被淹死的就是你。做事用点脑子。”她经常拿一些极端的例子**来训人。

虽然觉得很荒谬，但绝对不能跟她抬杠。干这份活儿靠的

---

* **院里的管事**：管理养老院内的设备、备用品、用具，还有护理用品的进货数、使用数等所有备用品的负责人。北村不仅管东西，管人也很严格。

** **极端的例子**：如果真的按照北村的指示，那就必须戴着钢盔、穿着救生衣、带着手电筒和储备粮来工作了。

就是忍耐力。

可是养老院少了她也不行。老实讲，她能注意到别人意想不到的细枝末节，我们养老院从未发生过重大事故，不得不说她功不可没。北村所拥有的经验和资格也是不可或缺的。

于是，北村一如既往地开始教训幸助。

“开窗换气的时候一定要拉开窗帘。我想这应该是常识吧。而且两天前刚说过，你到底有没有在听？记了笔记没有？”

她连连逼问。

“事情不是您想的这样，请听我解释。因为安子老太太说外面在下雨，不让我拉开窗帘。”

他小声辩解道。

“瞎说什么呢，你拉开窗帘好好看看。”

于是他去拉开了窗帘，一抹刺眼的阳光照了进来。一小时前还在淅淅沥沥下着雨，不知何时雨过天晴了。

“可那个时候还在下雨……”

“别扯那些烂借口，外面的阳光这么好还开着灯，浪费电。”

一边说一边故意啪的一声把开关拍了。

“行了，快去打扫大厅。”

北村歇斯底里地喊道。

“那个，您去问一下安子老太太，就会知道我说的都是真的了。”

幸助的这句话无疑是在火上浇油。

她怒瞪着布满血丝的双眼，吼道：“你居然把自己的过错推给安子老太太？”

在二人面前，安子老太太显然有些不知所措，或者说被北村吓到了。

“安子老太太，当时是您让我别拉开窗帘的，对吧？”

幸助问道。

“啊？你说什么？”

安子老太太患有认知障碍症，早就不记得一小时前说过什么了，也许只是害怕北村。

幸助没有乖乖接受北村的训斥就成了之后所有无妄之灾的导火索。

有经验的同事知道，这种时候只能对北村言听计从；但对初来乍到的幸助来说，这简直不可理喻。

从此北村就开始不停地找他的麻烦。

按理说，应该由别的同事给他安排每天要干的活儿，但北村开始亲自给他安排工作。

就算他去请教其他同事，别人也都敷衍了事。大家为人都不错，只是都不敢得罪北村。

那一周，我差不多都是上夜班，完全不清楚幸助的工作安排。听说北村故意没告诉他工作的具体内容。

“去把二楼的厕所打扫一下。”她只下了个命令就走了。

这对一个刚来没几天，什么都还不熟悉的人来说简直是无稽之谈。

厕所清洁剂、消毒剂、除臭剂、备用厕纸、抹布、拖把、擦镜子用的抹布等备用品都放在不同的地方。就算只是打扫厕所*，也有一整套繁杂的流程。

而且只要一看到他没在干活儿，北村就会破口大骂。在大家汇报工作小节时为了彰显自己的威严，她也会当着其他同事直接骂：

“为什么花了这么久的时间还是干不完？最后还得让前田小姐重新干一遍。前田小姐怎么做的，看清楚了没有？”

幸助说：“那是因为没人教我。”

“我认为这是常识**,你不是大学毕业的吗？这点事不会自己想吗？”

“我认为这是常识”是她的口头禅。

---

* **打扫厕所**：学生时代在餐饮店打工时，我非常讨厌打扫厕所。可如今我已经能十分专业地打扫厕所卫生了。看到异味全无、马桶锃亮的厕所，就会有种莫名的成就感。打扫厕所对我来说已不再是一个苦差事了。一直以来都有人说，打扫厕所可以转运。我想我的运势也在慢慢地好转吧。

** **我认为这是常识**：鹿儿岛有个词叫作“萨摩时间”，指的是没有时间观念。而且越往南走，时间观念就越松散。在奄美大岛等岛上，即便是聚会甚至是婚礼，迟到一小时以上都是常事，有时主办方会特意把时间定早一些。也就是说“常识”会根据人、地域、群体、时代的不同而不同。

他就这样一直被折磨着。

谁都知道这不是对他成长的鞭笞。

但没有一个人敢对她有意见，就怕引火烧身。羞于启齿的是，我也是其中之一。我只敢在心底呐喊：等老子不干了，一定要把憋了一肚子的话全抖搂出来。

前面也写了，我经营的上一个公司倒闭之后就干了现在这份工作。公司清算时，我把公司和其他不动产全都处理了，用来还欠款，至今还在分期还款。养老金还得过几年才能拿，所以只要身体没垮就得一直干下去，不能轻易辞职。

“真山先生，我该怎么跟北村处好关系呀？”

在他入职的第四天，第一次听他这么问，我才知道了这件事。

他从外地超市辞职后返乡就职，这好像是他入这行以来的第一份工作。

“至今已有不少人被她针对，被逼辞职了。”

一说出口就发觉自己答非所问。

还有个打工的，干了一天就辞职了。

“我觉得我干不下去了。”

我也觉得他干不下去。虽说是个挺不错的人，但是太脆弱了，他是扛不住北村的折磨的。

“你还年轻，要不去找家更好的养老院怎么样？你一定可以的。”

“我最近上网查了才知道，在这行里，像北村这样的人比比皆是。”

“我也只在这个养老院里干过，下不了定论。但无论在哪里，多少都会有奇怪的上司。我有个朋友是介护福祉士，他已经换了五家养老院了。”

“都是因为什么？”

“还不是因为跟像北村这样的上司发生冲突，或者那个养老院太不靠谱了。”

其实这位介护福祉士朋友是个非常认真的人。在我入行之前，就经常听他提起有问题的上司和不怎么样的养老院。

他说在他干过的养老院里，最令他气愤的就是，上司居然下令把一个经常按铃的老人的呼叫铃电源切断。这根本就是漠视老人的需求。

还有关掉一下床就会发出警报的脚边传感垫的电源。此外还让半夜睡不着觉、来回徘徊的老人服用安眠药。按理说四个小时就必须更换一次尿垫，但为了让上夜班的人睡个好觉，会同时垫两片尿垫来减少工作量。

早上本该带着老人做广播操的，但有些养老院会生拉硬扯地说：“近来大家都看起来很累，血压也偏高，要不今天就歇一歇。”就连着歇好几天。

可一旦有家属来探望，这种养老院就会表现出连员工都难以置信的热情。

在某些养老院，食物没加热就给老人吃，还有一边看电视一边给老人换尿布的员工。他们都没把老人当成一个人。

朋友跟他的院长和上司都反映过这些问题，但大部分养老院都会睁一只眼闭一只眼，毫无改变。说到底，还是因为缺人。

在这点上，我所在的养老院，虽然人员流动很频繁，但绝不会有员工偷懒、敷衍了事的事情发生。这也多亏了北村的严格监视*，还真是讽刺啊。

最终，幸助只干了一个星期就辞职了。我也是爱莫能助啊。

---

* **严格监视**：尽管北村很严厉，但是有一回，一个老人出于家庭原因不得不搬走时，我看见北村抓着他的手，哭着说："愿您一生康健，不要忘了这里。"那一刻，她让我另眼相看，我觉得她应该是个情感丰富的人。可一跟她说话，我就发现自己对她的态度依旧冷淡。

某月某日

口头禅：

道谢的人与道歉的人

在养老院住了三年的桥本铃老太太总是把“谢谢*”挂在嘴边。

她有点耳背，弓着腰，步履蹒跚，总是一脸温和。不管什么时候，开口前都会先说声“谢谢”。

她屋内的架子上并列摆放着约十厘米高的木制佛像和陶瓷的圣母马利亚像，我好几次见她对着神像依次合掌呢喃：“感谢神明今日的照拂。”

起初我以为是她耳力不好，没听清楚我在讲什么，所以不论什么都先说声“谢谢”，直到看到她那虔诚的模样，我才知道她是发自内心地感谢。

每次饭前饭后她一定会说：“多谢款待。”

喂她吃药时也是回回道谢。

---

* **谢谢**：以前在工地现场认识的一个人，说想换个受人爱戴的工作，于是去当护工。结果上班第一天就被老人骂“笨蛋”“傻子”，大受打击。

只是每次在吃药粉时，还没完全咽下去就说“谢谢”，偶尔会呛到，看得人胆战心惊的，生怕她误吸*。

住在养老院里的老人，虽然因人而异，但无论如何精心照料，护理等级只会越来越高。所以即便让老人尽量做一些力所能及的事，身体机能还是会日渐衰退。

但铃老太太完全不是。

她跟三年前刚来的时候一模一样。驼背耳聋的程度一样，甚至连认知障碍症都没有恶化，护理等级也丝毫未变。

自从在给她的生日卡上写了“我们由衷地感激您每次报以微笑的谢意”之后，她道谢的频率就更高了。

她跟我道谢后，我不由自主地说：“没有、没有，应该是我谢谢您。”结果就你来我往，谢个不停了。

应该没人会不喜欢被人感激吧。

“谢谢”这个词有种让人积极向上的力量。我记得曾在一个研讨会上听过，不管在工作中还是跑业务时，总是道谢的人更容易成功。此外也有人说，常言谢的人更长寿，免疫力也更好。

在养老院里，还有一个比铃老太太小两岁的金子奈保子老太太。她比较内向，有认知障碍症，只有一点点。

---

* **误吸**：是指食物或者唾液误入气管。如果细菌也同时吸进气管的话就会导致误吸性肺炎。据说误吸导致死亡多发生在正月期间，罪魁祸首极有可能是年糕。确实老人家都爱吃年糕，只是很容易粘住假牙或者被噎到，令人提心吊胆。

她俩完全相反。

她常把“对不起”或者“抱歉”挂在嘴边，完全取代了“谢谢”，而且还时常轻声叹气并喃喃自语。

有人说经常唉声叹气、整天说丧气话*的人，运气会溜走。

所谓丧气话，就是否定性的言辞、愤愤不平的抱怨、坏话、背后议论这些。护工也是绝对不能跟老人说这些丧气话的。

令老人自尊心受伤、安全感缺失、信任度降低的话也大多属于丧气话。

我确实在工作中经常会跟老人说“你这么做不行”“连这都做不了吗？”“你的意思是说我偷走了？”“绝对没戏”，等等。下次说话时我也得更加小心谨慎了。

在给奈保子老太太换尿不湿的时候，沾上了一点点脏东西，她就会说：“真是对不起啊，我都没让我儿子做过这种事。”

吃饭时洒了汤，就着急忙慌地说：“太对不起了，给你添麻烦了。太浪费了，太浪费了。”

晚上，去测体征（体温、血压）时会小声地嘟囔：“太麻烦你了，我这种人死不足惜。”

帮她穿袜子时，她也一直说：“让一个大男人帮我做这种

---

* **丧气话**：“固执”就是意志坚定，“纠缠不休”就是坚持不懈，“胖”就是有富贵相，“恋母情结”就是孝顺母亲，“臭脸”就是酷，“吵闹”就是精力充沛……贬义词也能用褒义词来说。在护理时要尽量用一些褒义词。但也得看情况，如果被误以为是在表扬，之后麻烦事就会接踵而至。

事，太不好意思了。”看起来就像是在同情我。

“怎么会，这是我的工作。相反，如果不照顾好您的话，我马上会被开除的。”

“啊，真的吗？真山先生会因为我被开除吗？”

她眉头微蹙，战战兢兢地问道。

“没有、没有，开玩笑的。没事，您身体好得很呢。”

本想着让她打起点精神，便说了这么一句。

“但我如今这样活着只会给人添麻烦，没什么意义。”

我不明白她说的“麻烦”和“什么”是何意，也无从作答。

她还经常说一些不好的梦*。半夜我去查房时，昏暗中，只见她睁着眼一直盯着一个地方，便忍不住唤了她一声。

“刚刚做梦了，梦见很多人聚在老家的墓碑前，好像在商量着些什么不好的事情。”

又是“什么”而且还是“不好的事情”。

我在想有没有什么办法能让她开心一点，但对于现在的她来说，无论说什么、做什么，都提不起兴致吧。有时觉得自己都差点被整抑郁了。

尽管如此，我想大家都知道奈保子老太太很在意别人，所以总把“对不起”挂在嘴边。

---

* **梦**：有位老人说梦见自己变成了一块石头。我问然后呢。他面无表情地说：“都变成石头了，当然是什么都做不了呀。”说得真有道理。

言谈举止本就代表了每个人的性格和生活方式，对别人指手画脚未免有点多管闲事了。而且，如果这世上全是活泼和善良的人就会变得毫无乐趣，不是吗?

某月某日

婴语：

被当作老小孩的弊端

2017年，百岁在职医生日野原重明*以105岁高龄与世长辞，留下许多丰功伟绩。

当然也有因患认知障碍症而无法自理的人。就连著名的文人、大企业的创始人、宗教人士也不例外。

“前几天在养老院里见到老师，她不停地爆粗口，我一开始只觉得难过，但到后来越听越气恼。”

一位多年来一直跟随在老师身边的女学生唉声叹气道。

我说：“她曾是一位德高望重的老师。”

“是啊，她在业内无人不知无人不晓，她是所有人的偶像。”

“老师说了什么粗话？”

作为一个粗鄙的人，我想知道她具体说了些什么，可是她

---

* **日野原重明**：他提出了生活习惯病的概念，倡导健康体检，是预防医学领域的先驱。他经常在媒体上现身，著书良多。最后他拒绝了延命治疗，把亲近之人逐一叫到床边致谢。

神情严肃地摇了摇头，说：

“难以启齿。她的女儿当时也在场，一直打断她母亲说话，说‘够了，妈妈别再说了’。”

我理解她失望的心情。可为此去苛责一个认知障碍症患者也不合适。

也算不上是责备，在原则上，老人的所说所答都不可以否定，更不能把他们当作小孩来看待。

据说我父亲曾去过的那家日托护理中心里，越是老员工越会把老人当作孩子来对待，他们都在老人的名字前加个“小”。

在我们院里，有一个40多岁的女同事，也经常会用娃娃腔跟老人说话。

比如说“你今天乖不乖呀？”“下个月小某某就过生日了呢”，完全就是在跟孩子说话。

我在给老人喂药时，有时也会说“来，啊——张嘴”。但跟她一比就是小巫见大巫。

还有人经常在最后加上语气词“呢”，比如“今天特别棒呢”。难不成以前是幼儿园老师？

长此以往导致的问题就是老人会越来越幼稚。院长多次提醒过她们，但总是改不了。

听说在某家养老院，老爷子们觉得绘画时间太长，认为“画画太荒唐了”。于是他们群起反抗，在几张硬纸板上写了

“反对画图画”来抗拒绘画。几个大老爷们儿在硬纸板上写的居然是“画图画”这种儿童用语，令人哭笑不得。

以前在外跑业务时，我曾去过一家郊区养老院，感觉还挺特别的。

一位年轻的男护工对老人说：“老太太，愣着干吗呢，不快点吃的话，我就吃啦。”[1]

尽管语气粗鲁，但面带笑容。

老人们也笑着答道：“好，好。”完全没有生气的样子。显然他们之间已经建立起了相互信赖的关系。

虽然当时我对护理工作一无所知，但场面看起来还不赖，只是如果被老人家的家人看见了，可能会觉得自家老人被粗鲁地对待了吧，这个度很难把握啊。

译者注

1　此处日语原文用的是简体，而非一般青年人对长者用的敬体。

某月某日

恶搞：

目标总是年轻女护工

漫画《海螺小姐》*的作者，著名的长谷川町子老师写过一个名为《恶婆婆》的故事。

讲的是一个比起一日三餐更热衷于恶作剧的“老太婆”的故事。

我们养老院里的田中杉老太太，同事们都在背地里叫她“恶婆婆”。

她总是对新来的年轻女护工百般刁难，完全不配合。喂她吃药，就故意从嘴里吐出来；吃饭时故意撒一地；偷偷把东西藏起来；拒绝洗澡；还总是絮絮叨叨地说坏话。凡事都要挑刺儿。

我也有过差不多的经历。有一次我误对一位79岁的老太太说：“跟大伙儿一样，您也加入80岁行列了。”说罢就被她记恨

---

* **《海螺小姐》**：一部家喻户晓的国民漫画和动画片。波平先生看着年纪很大，但漫画中设定的年龄是54岁。可不管是时代背景还是平均寿命，都觉得有点老了。

了许久。换作平时，半天前的事情她都记不得，唯独对这件事一直耿耿于怀，无时无刻不在指桑骂槐："我才70多岁。"令我尴尬不已。

不管跟多大年纪的女人，绝对不能聊年龄。

有时杉老太太做得太过分，大岛院长就去找家属商量，却遭到她女儿的责难，说："我母亲绝不会做这种事，会不会是员工的态度不太好？"

也不知道是不是这个原因，那个年轻女护工没干多久就辞职了。

后来又来了一个年轻女护工，还是如出一辙。

被老太太捉弄的好像都是年轻女护工。我不记得她对我有过什么恶意刁难，反倒觉得照顾她的时候还挺配合的。

我跟一个在别的养老院干了多年护理的朋友聊过此事。

他说，每家养老院里都有这样一个人。有个爱恶作剧的老太太偷偷潜入她讨厌的人的屋里，把备用品和毛巾扔进了厕所的垃圾箱，还故意打翻房间里的茶水。还有跟杉老太太一样，故意针对某个女护工搞恶作剧的。问她为什么要这样做，她坦言只是不喜欢对方的名字。可能是跟她丈夫出轨的女人同名，又或许是跟她作对的小姑子同名，肯定是因为跟谁的名字一样。

在传说和童话里，搞恶作剧的都是老太太或是老巫婆。

无论《舌切雀》《汉塞尔与格莱特》，还是《白雪公主》，都是如此。女巫对年轻的女人施法作恶。话说回来，有善心老爷爷这个词，却没有好心老太太的说法。

只折磨年轻女员工，也有可能是因为她们对男人还有所顾忌，内心深处仍残留着男尊女卑*的观念吧。

70多岁的女人，年轻时在家洗澡，都是男的先洗，然后婆婆洗，接着孩子洗，最后才轮到自己洗，顺便还得把浴室打扫干净。[1]

对于出生在那个年代的女人来说，一辈子都在忍辱负重。终于年纪大了，媳妇熬成了婆，才会专挑年轻女员工来捉弄吧。

* **男尊女卑**：如今的日本仍然被认为是一个以男性为中心的社会。我认识一个在其他养老院工作的朋友，他说在他那家养老院里住着一对老夫妇，丈夫因病情恶化，被送去别的医院住院。其间，妻子偷偷办理了分居手续，说再也不想看到丈夫傲慢的样子。或许时代也在悄悄地发生变化。

换水。

译者注

1　日本人有泡澡习惯，即先淋浴，再进浴缸泡一会儿。泡澡水全家共用，中途不换水。

某月某日

为何要逃：

只是想逃

在我们养老院，只要有护工陪同就可以外出。如果是一个人，除了在院子里散步，是绝对不允许离开养老院的。因为身患认知障碍症的老人很有可能找不到回养老院的路，此外还要考虑老人的吃药时间和每天的身体状况，所以基本上都会被限制外出。

大岛院长说，感觉佐佐木悟老爷子想偷跑出去，便在二楼老爷子的房门上偷偷装了传感器，只要门一打开，一楼的报警器就会响。

我问院长怀疑的原因，他说因为悟老爷子最近的状态跟以前一个经常偷跑出养老院的老爷子*越来越像。

他太过在意外面的情况。比如经常留意养老院前的路况、天气；对玄关大门的动静特别敏感，经常看见他在玄关附近漫

* **经常偷跑出养老院的老爷子**：据说那个老人在距离养老院二百米的便利店被找到了。因为养老院里不让喝酒，他只是想方设法地去喝上一口而已。

无目的地徘徊；还不停地问女员工附近的公交车站在哪里。

我上夜班时，从未见他有此类举动，甚至觉得这般防备会不会是杞人忧天了，但是经验老到的院长既然这么说了，还是小心为上。

只是装了警报器之后，麻烦事便接踵而至。悟老爷子尿频，经常出入房间。于是警报器一响，我就不得不从一楼的休息室赶去二楼的房间查看。我想让他用房间里的尿壶来解决，但他不愿意。我只好回回都跑去查看，都没法好好地打个盹儿，但一连几天都毫无异样。

然而在一日深夜，警报器又响了。照常上楼去查看情况时，发现他不在厕所，而是在二楼的紧急出口前，拼命想要打开锁在大门上的铁链子。幸好链子没那么容易打开。

院长的直觉太准了。

只是，如果此时我贸然地说："悟老爷子，在干吗呢？不会是想偷跑出去吧？"可能会惹恼他。

我躲在角落，等着他自己放弃。万一逃出去，找不到人了，那就要出大事了。如果他在逃跑途中再遇到什么意外，更是无法挽回。我设想着各种会发生的情况，惴惴不安地静观事态发展。

最终他离开了大门，在确认他回了自己的房间后我才离开。

一颗悬着的心放下了，但他当时的模样在我脑海中挥之不去，简直就像是变了一个人*。

我甚至都有种冲动想去问他为什么要逃出去。他既没有对养老院和员工不满，也没听说他有酒瘾。

几个月之后，他的病情越来越严重，就转去了带有附属医院的养老机构。在我们养老院，见他有此举动应该是第一次也是最后一次。

当时还是个月圆之夜**。

我想起了曾在电视上看过一位知名人士的演讲。

那是一场关于“自由”的演讲，说是可以住在一家高级宾馆里，但是一辈子都无法离开宾馆，你会选择这样的生活吗?

无须工作，宾馆里既有医院，又有万全的健康保障；想吃什么厨师就给做什么，就跟豪华邮轮一样；通信自由，家人也能随时来宾馆内相见，只是到死都只能在宾馆里生活。

假如我现在是在奴隶般恶劣的环境之下的话，会毫不犹豫地选择在宾馆生活；可就我现在的情况而言，我会选择NO。

---

* **简直就像是变了一个人**：刚刚还笑眯眯的，突然就发飙了，或者突然变得沉默寡言，又或者突然变得特别健谈。有时候老人家一下子变得面无表情，我就会担心他的身体是否出现了异常。

** **月圆之夜**：养老院的老人们都喜欢月亮，也记得很多以月亮为主题的歌曲。像《炭坑节》《月之沙漠》《月亮如此蔚蓝》《兔子》等。特别是老太太们，总爱哼唱这些歌。可也有很多老人一见月亮就伤感。

理由就是，困在宾馆里就算不上是“真正的自由”。

就算是那些住在动物园里、三餐不愁，也没有天敌威胁的动物，不是也想伺机逃脱吗?

住在养老院里的老人也是一样的。

设身处地想一下，就觉得悟老爷子的心情不难理解了。

老人家都希望在自己的家中走完人生的最后一程*，我觉得这是人之常情。只是在如今的社会里，这已成了一种奢望。

我们通过举办时令节日活动和策划娱乐项目，让老人尽可能安心且愉悦地度过每一天。但如果觉得仅靠这些活动就能让他们满意，那就想得太天真了。

---

* **都希望在自己的家中走完人生的最后一程**：很多人都希望在熟悉的家中，在亲人的陪伴下走完一生，但在现实中，更多的人都是在医院里去世的。事关遗属，比起死者，家属更要做好心理准备。

某月某日

老婆子爱偷，老头子……：

男人和女人的脑内构造完全不同

在养老院公用的桌子上都放有纸巾盒。当老人发生意外状况，或者食物掉在地上时，可供工作人员应急处理。

但经常有人偷走纸巾盒。

虽说盒子都能找回来，但纸巾却被抽走了。哪怕自己的纸巾就在眼前，甚至轮椅的后备厢里也有自己的纸巾盒。

明显就是故意的。明明知道纸巾不是自己的还要偷偷拿走，塞进自己的盒子里带回房间，简直不可思议。

有些人甚至忘了自己偷了纸巾，塞进口袋里就不管了，有人偷厕纸藏进自己的房间，甚至还有人把厕纸卷在身上。

他们会编出一听就是扯谎的说辞，说“厕纸自己绕到身体上的”。我们一般也不会深究。就算追问到底，之后还是会发生同样的事。

奇怪的是干这种事的一般都是老太太。

“二楼厕所的纸又没了。”

有位同事发现厕纸又被偷了。

“等会儿吃饭的时候，上梅子老太太的房间找一下。”

犯人是谁大家都心知肚明，一般八九不离十。

另外，插在大厅花瓶里的花也常常不翼而飞，通常会悄无声息地插在某个房间的杯子里。

一些开始犯糊涂的老人还会悄悄潜入别人的房间里偷东西。

据我所知，大多是老太太。只是养老院里有规定，身边不能携带现金或者贵重物品，所以就算被偷走，也不是什么要紧的东西。有人还看见别人趁别人午睡的时候，溜进房间偷喝眼药水。

听朋友说，在他工作的养老院里，有人偷喝消毒水出了大事，还有人拔了手上的吊针当酒喝，但这种暴行多半都是老爷子才干。

此外，有些老太太尿完不冲厕所。

我的伯母也总嫌“浪费”，会把塑料袋、纸袋、背面空白的广告传单、豆腐盒、橡皮筋，甚至纸巾盒都当成宝贝似的留着不扔。

这或许是经历过物资匮乏时期的人留下的习惯吧。

用完厕所不冲水也是那些“节俭时代”的传统美德吧。某种意义上来说，这是一种环保行为，但我想也求求他们，能不能设身处地地体谅一下我们这些打扫厕所的人。

有些人还不愿意在睡觉时开空调*。在闷热的夜里，靠扇扇子来降温。

其中的确有人不喜欢用空调，但有些人是觉得空调费电。

为节能环保做贡献无可厚非，但是热到中暑、冻到感冒，就要向我，以及养老院追责了。拜托别再犟了。

现在只好一边说“那我把空调关了”，一边偷偷设好时间。

我上幼儿园的时候，每年都会举办挖红薯大会。

孩子跟家长一起在幼儿园租的农田里挖红薯，自己挖到的红薯都能带回家。

挖完红薯之后，大家会聚在一起拍照纪念。细看照片就会发现，男孩子会骄傲地举着形状好且个头大的红薯，我也一样，但是挖的红薯并不多。

反观女孩子，一般都抱着堆成山的红薯。这个差别显而易见。

每次看照片，都会觉得男人跟女人的大脑构造还真是截然不同啊。三岁看老，我对女人强烈的占有欲深感佩服。

---

* **空调**：很多老人不喜欢吹空调。此外，空调直接对着眼睛或者喉咙吹，会导致黏膜干燥，容易生病。就算经常调风量、调温度，却很少有养老院会注意到调风向。

某月某日

祝福卡的泪水：

“我真有那么好吗？”

养老院会将当月生日的老人集中在一起举办一个小小的生日派对。寿星们一边吃着员工亲手做的蛋糕和散寿司饭，一边接受大家的祝福。届时，每位员工都要写一句祝福语，做成祝福卡送给他们。

在生日会之前，有人负责把每个员工写了一句祝福语*的小纸片贴在一张彩卡纸上，送给寿星。

85岁的宫本文世老太太就是寿星之一。

生日会的那天，已经晚上八点多了。我走进她的房间，灯还亮着，难得见她还没睡着。

“文世老太太，睡不着吗？”

我问道，只见她躺在床上，对着枕边的祝福卡眼泛泪花。

---

* **祝福语**：有些员工只写一个词加个感叹号，例如“感谢！”“活力满满哟！”“健康第一！”等，来蒙混过关。虽然也没什么不妥，但有时收到卡片的老人会问写的是什么意思，就得绞尽脑汁润色辞藻，夸张地去解释，累得很。

"怎么了？"

"真山先生，看了这些留言，开心得想哭。"

"原来是这样啊，生日会过得很开心吧。"

"你说，我真的有大家写得那么好吗？"

她递给我那张祝福卡，突然问道。

我写的祝福语是："文世老太太，生日快乐。您总是带着迷人的微笑向我们表达谢意。祝您永远长寿喜乐。真山敬上。"

她莞尔一笑时表情温婉迷人。有时候也会说些无聊的笑话。只是如果不小心得罪了她，她就会变成一个令人难以招架的鬼婆婆*。但大家都知道其实她的心地十分善良。

当电视新闻在播H县的大暴雨时，她噙着泪，颤声说：

"表妹夫妇俩就住在H县，房子没事吧，想联系他们却不知道电话号码。"

还有，听说K市新冠疫情特别严重时，她说以前在那里生活过，并细数着邻里的名字，祈祷他们健康无虞。只不过是在30多岁的时候住过一段时间而已，那都已经是半个世纪前的事了。

"没事的，K市是个大城市。"

不禁脱口而出这么一句骗小孩似的话，起不了一点安慰的

---

* **鬼婆婆**：老人生气的样子屡见不鲜了，老太太生气是最可怕的。最近才意识到，或许是因为跟平时的样子差太多了。

作用。

尽管她与人为善，每年也只收到两张贺年卡：一张来自医院，一张来自护理器材的租赁公司。虽不知为何她单身了一辈子，但一个85岁的孤寡老人，在这偏僻的小养老院里，回忆起故人时心痛不已，而那些被她念叨的人应该不得而知吧。

只是在祝福卡上写了寥寥几句话就把她感动至此，如此情真意切，令我备感温暖。

我看其他同事写的也多是称赞她的笑容，还说她是一个喜欢开玩笑的可爱的老太太。

“我总是笑呵呵地跟大家伙儿说好玩的事吗？”

她指着同事写的一句话问道。

“是啊，您讲话特别风趣，大家伙儿都这么说。”

“比如呢？最近我说了什么有趣的事？”

她一脸认真地问道。

“您很爱说谐音哏啊，比如说看着夜景也惊到了，掉了牙就成了老掉牙的话啦。”

尽管觉得不太好笑，但还是挤出了笑容，她也笑得一脸满足。

每年写的祝福卡都会贴在房间的墙壁上，我却从未好好看过别人都写了什么。反正都是些千篇一律的套话。老实说，自己翻来覆去写的也就是那么几句套话而已。只因是工作的一部分，就没什么兴趣知道。

就算这样，这几句套话还是戳中了她的内心。看到文世老太太噙着的泪花，我不免有些自责。

同时也在想，该如何把握护工和老人之间的距离，如何划清界限。无论是因交情好而过分偏袒，还是因性格不合便放任不管都是不可取的。

在这方面，文世老太太总能用她拿手的老掉牙的笑话轻松越界。如果她去世了，我想我一定会哭的。

某月某日

害羞：

像个女生一样

晚上八点，我去稚名美幸老太太的房间送药，敲了敲门，无人应答。

“我进来喽。”

我一边说一边推门进房，刚好看见她在换睡衣。

她坐在床边，上身只穿了一件内衣，胸部若隐若现。

“呀，讨厌！”

一见我进门，她发出宛如女生般娇嫩的声音，害羞地用T恤遮住了胸部，别过身去，双颊泛起了绯红。

“对、对不起。”

我立刻夺门而出，把门关上，想着过几分钟再进去。

当我站在走廊里，端着药和装了水的水杯时，一股异样的感觉油然而生。

是哪儿不对劲儿呢？总觉得很奇怪。这种违和感到底是什么呢？

每隔两三天我都要帮她换一次尿不湿或者尿片。想想那个时候，她仰面躺在床上，下半身一丝不挂。

我还跟她说：“来，把腰抬起来，坚持五秒钟。”

她两腿一分，腰一抬，尿不湿就能取下来了。我还能从她张开的双腿之间看到她的脸。

那时的美幸老太太哪有一点羞涩？她平静地看着我，眼神仿佛在说：“快点换。”

有时候，腰刚刚抬起，肛门一用力，就会“噗”的一声放出屁来。我假装没听到，气氛有点尴尬，她倒是毫不介意。房间只有我们两个人哟。

那么，现在这个样子到底算什么？

还在念书时，经常跟几个爱泡澡的朋友一起，到处去泡温泉*和澡堂子。其中有个男孩非常奇怪。

每次在更衣室换衣服时，不知为何，脱内裤时一定要在腰间围一条浴巾。脱掉内裤后，又像没事人一般，毫不遮掩地晃荡着下半身走进浴室。洗完澡后，要穿内裤时，又会再次把浴巾围在腰间，扭动着腰灵活地穿上内裤。

为什么？究竟是为什么？当时完全搞不懂他为什么要这般

---

* **温泉**：鹿儿岛县因活火山众多，到处都有温泉，泉眼数量居全国第二。在各地跑业务时，我会在车上放一套泡澡用品，经常在回程的路上泡个澡再回公司。公司的同事就会说：“小脸很滑呀。”他们也这么干，彼此彼此。

多此一举。不但不理解，甚至都没兴趣问。

过了几分钟，我再次敲门进屋，她没了刚才的“呀，讨厌”那种仿佛六十年前的小女孩的模样，就像什么都没发生过一般看着我，一脸平静地问：“有什么事吗？”

“是你偷的吧？

“是你偷了我的遥控器吧？快还给我，快！”

西富江老太太哭着央求道。她有轻微的认知障碍症。

她说的应该是电视遥控器，肯定没有人偷她的遥控器。

我扫了一眼房间，很快就发现了。遥控器就在枕头边放衣服的盒子里。从她的角度看，正好被她丈夫的遗照*挡住，看不见。

“是你偷的吧？”

亏我平日里尽心竭力地照顾她，居然被当成了小偷？可现在没空生气。我必须得在同事换班之前把餐具都放进洗碗机里。

可院里有规定，就算麻烦也得假装跟她一起找，让她自己发现。假如是我找到的，她就会认定是我藏了东西，以后就会一直心存猜忌。

---

* **丈夫的遗照**：有人会像富江老太太那样把丈夫的遗照摆在房间里。大正和昭和初期的男人多少要摆出点架子，说得难听点，就是照片里的表情都是趾高气扬的。相反，老爷子从不会将妻子的遗照摆在房间。

“我觉得一定在什么地方。我们一起来找找看。我去看看床底下，富江老太太，您去看一下放衣服的盒子。”

我假装在床底下翻来找去，一直等着她自己找到遥控器。

心中暗想：看哪，就在你的眼前呀。怎么就看不到呢？

“还是没有啊。是不是你藏起来了？”

她满脸疑惑地问。

“富江老太太，您先生照片的周围找了吗？”

我这儿忙得焦头烂额呢，您就饶了我吧。接着富江老太太开始端详起照片，缓缓地说道：“我家那位最讨厌拍照了。这张照片是女儿拍的。你看他这脸，看上去很开心对吧。老公对我很凶，对女儿却很温柔。”

拜托，我现在很忙！此时的我已经焦躁到不行了。

“照片后面找了没？”

“找什么？”

“电视遥控器啊。”

“电视遥控器怎么了？难道你想在这里看电视吗？啊！遥控器居然在这里，好奇怪啊。”

呵，这都什么跟什么呀。

还有一回是找不到钱了。一般来说，入住的老人都不会带现金。原则上想买东西的话都是拜托家里人买，或者用家属预存在养老院的备用金支付。当然会把发票给家属，并详细记录消费明细。

“少了多少钱？”

“六千日元。原本准备给孙女彩香买生日礼物的，这里可能有小偷。该不会是你偷走的吧？把钱包还给我。”

我劝自己，她是因为得了认知障碍症才冤枉我的。于是调整一下心态，转移了话题。

“过了生日，孙女就该几岁啦？”

“该几岁了呢？真山先生今年多大了？你认识我的孙女？”

“彩香嘛，当然认识啊。特别漂亮，跟您长得很像呢。您昨天是不是剪头发了？感觉您都变年轻了呢。”

我当然没见过她的孙女，但我感觉瞎编的这句话让她的表情缓和了不少。正当我觉得自己已经渡过难关之时，就听她说：

“剪头发的钱是谁付的？不会是你吧？是你偷了我剪头发的钱吧？”

直木奖获得者、编剧向田邦子*曾说过：“擅长瞎扯淡的人就来写剧本吧。”

---

* **向田邦子**：她小时候生活在鹿儿岛，在她的书中称鹿儿岛为令人怀念的“故乡模样”。在剧本《寺内贯太郎一家》中，树木希林饰演一位痴迷于泽田研二的老年女粉丝，对着他的海报狂喊“julie”的那场戏被誉为经典。养老院里也有一位老太太，特别喜欢一个年轻的演歌歌手。她会提前一天反复确认节目的播出时间。从年轻人那里养精蓄锐，才能保持活力充沛吧。

对护工来说也一样，得掌握扯谎技巧。

原来如此，能把老人骗得服服帖帖的护工或许适合当编剧或者小说家。我觉得我扯谎的水平还远远不够。

第四章

底层观察

某月某日

失禁与自尊：
编了个故事安慰他

在养老院才住了四个月的岛田藤太郎老爷子这几天一直无精打采的。

跟同事打听后才知道，他住进养老院之后，第一次大便失禁，于是他把脏内裤偷偷塞进了洗衣房的洗衣机里*。事后被人发现，员工只好把所有的衣服又重新洗了一遍。这事不知怎么就传到了他的耳朵里，伤自尊了。

他略微提过他做了多年的安置帮教义工**，是个以此为荣的绅士。

这桩窘事虽然只有几个员工知道，但他好像受不了员工疏

---

* **塞进了洗衣房的洗衣机里**：因为每天都会有大量的衣物要清洗，比如老人的内衣、床单等，所以会有一个洗衣房。员工在那里清洗、烘干衣物。不允许老人擅自入内，但他偷偷进去把脏了的内裤塞进待洗衣物里。他当时的心情我很理解，也很同情他。

** **安置帮教义工**：帮助违法乱纪之人改过自新和重归社会的人，属于志愿者。尽管他多次跟人解释什么是安置帮教义工，但其他老人总是搞不懂，会问他：“是监护人，还是保姆？”

远的态度。毫无疑问，肯定是因此才无精打采的。

又过了一个星期。有一天，一个女同事来找我帮忙。

“真山先生，请帮个忙，好像岛田老爷子又把弄脏的内裤藏起来了。刚刚进屋时，窗户是开着的，但我还是能闻到一点味道。你不是跟他关系挺好吗，去套一下话吧。”

确实，老爷子在我的面前还会强颜欢笑一下。我大概也能猜到是因为什么。

岛田老爷子被贴上“大便失禁男”标签的第三天，为了能让他打起精神，我就编了个故事讲给他听。

那天值夜班，我去给他送药，在他吃药时，我就跟他说：

“上个月我跟朋友喝完酒准备回家，突然肚子疼，虽然打到车了，司机却不让我上车。”我俩以前也经常聊些酒后趣事，听说他年轻时也好那一口。

“为什么？”

岛田老爷子一脸疑惑地问道。

“可能是当时没憋住吧，拉出来了一点，我都喝蒙了。司机也不愧是老江湖，估计一闻就知道了吧。”

我假装镇静，漫不经心地说着。

“之后呢？”

他倒是听得兴致勃勃。

“我不管，非要上车，于是司机态度一横，瞪着眼跟我说：

‘只要把车弄脏了一点，后面我都没法接活儿了，不仅要赔误工费，还要付清洗费用，你能赔钱吗？’”

“然后呢？”

“我下了车，走路回家了。”

他同情地看着我。

“为了不让老婆发现，回家后赶紧把内裤搓了，塞进了洗衣机。在我冲凉的时候，突然老婆起来了。”

“这也太……”

他叹了一口气。

“浴室外传来老婆的声音：‘都这个点了，你在干吗呢？’我随口说：‘出了汗，冲个凉。’老婆打着哈欠说：‘哦，那早点睡。’”

“就这样？“

他眼神凝重。

“我老婆比一般人要精明得多，看到洗衣机里的异样和我慌慌张张的样子，肯定能猜到是怎么一回事，可她佯装不知。不过到了第二天早上，我还是觉得很尴尬。”

我故作轻松地说着，想让他觉得我跟他同病相怜。

“真山先生，你说的是真事吗？”

他突然目光犀利，如果这时被拆穿，就前功尽弃了。

“嗯，是啊，我喜欢喝气泡水兑烧酒*，可能一下子喝太猛了。”

我继续若无其事地瞎扯，这也是我干护工后新学的技能。

那晚，我在巡房时看到岛田老爷子偷偷地在厕所的洗面台搓内裤。次日清晨，屋内的待洗衣物篮里塞了条半干的内裤。女同事担心的异臭问题就此解决。

但还有一个问题。现在岛田老爷子还穿着普通的内裤，不久之后肯定是要穿纸尿裤的。最让人头疼的就是要去说服他接受纸尿裤。

难就难在怎么说才能不伤害他的自尊心。

记得父亲还在世的时候，也经常弄脏内裤，老婆就让我去劝他穿纸尿裤，所以我也算是过来人。当时我口无遮拦地说：“都不用去厕所了，多方便啊。”结果惹得父亲很不高兴。最后只得拜托日托护理中心的护工来劝父亲。

近来同事都叫我“岛田老爷子的挚友——真山先生”。可能就是想把我架在那儿，让我去当说客的吧。

---

* **气泡水兑烧酒**：其实我很喜欢这种饮法，我觉得我这样喝不容易醉。在鹿儿岛，很多人喜欢用热水兑芋头烧酒，一般是酒6水4的比例。有人会争论，到底是先倒水还是先倒酒，我倒是觉得无所谓。如果以后要住养老院的话，我一定会选一个可以喝酒的养老院。

某月某日

三大欲求：

最后的晚餐想吃什么？

医生让大山胜老爷子控制饮食，特别是他还有糖尿病的迹象，真是太可怜了。

只能在一个小碗里盛一点点米饭，或是让他吃无糖分的特殊大米。他一直抱怨米饭太少了，我们只能说这是医生特意叮嘱的。药倒是一次要吃八片。

有一天去他屋里送药，他恰好在看电视。

节目中的艺人正在吃高级寿司*。

“我也好想吃寿司，一点都不行吗？”

大山老爷子喃喃自语道。

我们养老院基本上不会提供刺身、贝类等生食。如果是他的话，外卖也别想了。

---

* **艺人正在吃高级寿司**：很多节目都是艺人在介绍各地美食，特别令人头疼。那些美食与我们养老院提供的营养均衡餐截然不同。在节目中，其实有些并不那么好吃，为了节目效果，他们也一定会连声称赞“太好吃了”。这时院里的老人一定会露出“绝对难吃”的嫌弃表情。

“我也很久没吃了。”

此话脱口而出后便觉一阵心虚，其实大概在半年前刚吃过回转寿司。

“下次，能帮我偷偷买点寿司来吗？我会付钱的。”

完了，这忙可帮不了。虽说有些养老院会提供酒水，但在我们养老院，没有医生的允许，别说酒了，连块米饼都不能带进来。

只好又跟他解释了一遍。他默默地按了遥控器，把电视关了。

都不知该说什么好了。只能说了句抱歉，便离开了房间。

都说人的三大欲望是“性欲”“睡欲”“食欲”。

一般来说，“性欲”会随着年龄增长逐渐衰退。但偶尔也有例外的人，他们将欲望赤裸裸地展现出来，身边的人大多会鄙夷地说：“都一把年纪了，在干吗呢？这个色老头/色老太婆。”

说到“睡欲”，我们院里的老人特别能睡。每次都能睡很久，不知道的还以为被封印在床上了。

夜间巡房之际，有时看他们睡得跟死人一样，禁不住去把人叫醒：“你没事吧？”有好几次都担心是不是断气了，还拿着纸巾在口鼻处确认有没有在喘气。

对他们来说，余生不长，死后便是永眠，我觉得活着的时候就该多清醒一些。

嗜睡的孩子长得快，那嗜睡的老人又是什么呢？经常听人说睡得越久活得越长。

对护工来说，嗜睡老人可比半夜徘徊的老人要省心得多。

接下来就是“食欲”。

曾经有电视节目讨论：“最后一餐想吃什么？”

即最后的晚餐。根据某个统计，日本人最想吃的食物，排在第三的是牛排，第二的是饭团，位居榜首的是寿司。顺便说一下，饮品的榜首是啤酒。大山老爷子最想吃的就是位列第一的寿司，作孽呀。

养老院里曾住着一位老爷子，医生允许他每个月跟兄弟们到养老院外面去吃几顿。他吃到了自己想吃的美味佳肴，心满意足地回到养老院，然后开心地跟大家分享，去吃了哪里的烤肉、哪里的拉面。我觉得他活着的目标就是出去吃好吃的。

跟他相比，别说大山老爷子没有能带他出去吃饭的家人；就算有，医生也绝不会同意。太可怜了。

我跟大岛院长商量能不能稍微满足一下老爷子的愿望时，想起了我的父亲。

父亲是在医院去世的。在去世前一个月，父亲突然说想吃炸糖条。我问医生行不行，他们说可能会导致误吸，我就没答应。

在那家医院，有专门帮助病人进食的作业疗法士*等，好几次看见他们在帮助父亲进食，就跟喂孩子一般，只记得当时悲从中来。如今，我也只能在父亲牌位前供一些炸糖条和他生前爱吃的食物了。

我想，如果大山老爷子能在生前吃上一次寿司**就好了。长此以往，我很怕他会因为太想吃寿司而偷偷跑出养老院。人对食物的执念是很可怕的。

* **作业疗法士**：这是一个国家认证的资格，针对身心不健全的患者，在照顾他们身心的同时，对他们的复健进行指导、帮助、治疗的工作。我们养老院里没有作业疗法士，但我认识一位作业疗法士，极有耐心，而且非常亲切。年纪轻轻就拿到这个资格，一定是一个与众不同的人。

** **吃上一次寿司**：有一次晚餐是没有生鱼片的散寿司，老爷子吃饭时一脸失望的样子令人终生难忘。

某月某日

某处的刺青：
人不可貌相

护理工作主要就是照顾老人以“吃饭、沐浴、排泄”为中心的生活起居。理所当然要贴身照顾，还要观察他们的身体异常，注意是否起疹子、肤色状况和健康状态。在帮助他们排泄、沐浴、更换衣物时，仔细观察身体的每个角落。虽然会尽量安排女护工照顾老太太，男护工照顾老爷子，但因为人手不够，很多时候无法面面俱到。

我第一次帮菊枝老太太洗澡时，差点失声惊叫。她虽然上了年纪，但一点都不糊涂，总是安安静静的，周围老人和同事都对她赞不绝口。

可就是这么一个人，在左大腿内侧居然有“佐吉”字样的刺青*。

* **刺青**：草彅刚曾主演过一部名为《义侠护工》的电视剧和电影，讲的是一位具有侠士精神的护工的故事。实际上有些护工的手臂上也有刺青。但生怕会令一些老人不安，所以工作的时候需要遮住刺青。

明显就是一个男人的名字。

当时另一个女同事也在一起帮老太太洗澡，可能她之前就知道，所以毫不在乎。

完事后，我就跟女同事打听。

“啊，佐吉那个啊。也对，真山先生是头一回帮菊枝老太太洗澡。”

她说那是老太太丈夫的名字，在战时就去世了。

听说菊枝老太太还平静地跟大家讲起她与丈夫从相恋到死别的经过。

她带着一个儿子，没有再婚，靠一己之力把孩子拉扯大。

把丈夫的名字刻在身上，对她来说意味着什么呢？不难想象，不管是在战时还是战后，一个女人带着孩子活下来有多难。

后来，我跟大岛院长又细聊过这件事，院长说：

“如此温和的菊枝老太太竟有这般往事。我刚听说时也是大吃了一惊。”

类似的情况还有很多。

井上浩一是一位80多岁、头发花白的老爷子。中等身材，年轻时妻子就过世了，也没有孩子，好像曾是一名公交车司机。他性格沉稳，从不发脾气，是个给人印象淡薄的人。

但他身上居然有六个小小的刺青，阴部还塞了一个小珠子。

年轻的女同事在给他洗澡时对此视而不见。难不成她以为那是个痂？

我想起了之前跟一个年轻男护工一起上班时聊天，他说：

“听说犯人在坐牢时，因为太无聊，就会在水泥墙上磨牙刷柄，磨成一个珠子，然后塞进阴部*。”

“塞进去？怎么塞……”

“用牙签开个口子，然后嗖的一下。”

我听罢不由得咽了口唾沫。

“很痛吧？”

“肯定的吧。因为不卫生还会引发炎症，严重的话后果不堪设想。”

“你是怎么知道这些的？”

“哦，我听井上老爷子说的呀。”

“啊？他坐过牢啊？”

“也不是，好像他也是听老朋友说的。”

也不知道是真是假。

有刺青的老人并不少见。听说在朋友的养老院，不仅老爷子有刺青，老太太也有。他们不像现在的年轻人，刺青是为了时尚。对那个年代的人来说，刺青是一种特殊的存在。话虽如

* **塞进阴部**：据说这叫“入玉”。犯人在入狱之前，为了防患于未然，狱警会事先检查是否一开始就有入玉。这也是那个男护工告诉我的。

此，刚知道老人有刺青时还是吓了一跳。

再说，我知道不管是刺青也好，将珠子塞进阴部也罢，都跟人品毫无关系。可我还是打心底觉得，井上老爷子……真的是人不可貌相啊。

某月某日

神秘的访客：

认知障碍症？还是……

室田清老爷子总说，一到晚上就会有一对男女到他屋里来。

他看起来一点也不害怕。我想可能就是一个梦而已，但他描述得十分具体。

我问他："您认识那两个人吗？"他沉思了许久，然后就开始讲起一件事。

四十多年前，那时他才30多岁，在给一家建筑公司跑业务。有一次他把材料运到工地后，返程时在深山里迷路了。

他只好把车停在路边，正当一筹莫展之时，一对男女上前搭话。

那个年代没有导航，在他说明原委之后，那对男女详细地为他指了路，他才得以安全出山，回到了市区。

出现在他房里的肯定就是那两个人。

"好奇怪呀，就说了几分钟话的陌生人怎么会频繁出现在梦中呢？"

我半信半疑，随口问道。

他仰望天空，指着我的脚下，说：“但是，他们真的来过，就在真山先生你现在站的这个位置。”听得我后脊背一阵发凉。

室田老爷子是个老实人，从来不会捉弄人。

“那两个人在您迷路的山里干什么呢？”

“就是说呀，当时都已经11月了，却穿得很少。他们来这里的时候，穿的也是同样的衣服。”

“就是个梦吧。现在看来，老爷子对那两个人印象深刻啊。”

我也只能这么说了。

我瞎猜的啊，如果他讲的都是真的话，当时遇到的那两个人其实已经去世了。

当然，我没跟他讲我的猜想，也没跟其他同事讨论过这件事。

更神奇的是，平时都得靠吃安眠药才能入睡的老爷子居然立马睡着了。

这种事还有呢。吃饭时，一个老太太拍了拍旁边老太太的肩膀，说：“有个女孩在那儿玩呢。”被拍的老太太也朝着同一个方向说：“真的欸，好可爱的孩子，你从哪儿来的呀？”当然不可能有孩子在那里。

认知障碍分好些类型。其中有一种被称为路易体失智症*的类型。这种类型的特征之一就是会看到空间里不存在的物体，出现幻觉**。最常见的就是看到穿红色和服、长得跟娃娃似的女孩子。护理教材中也将此作为常见的案例之一。

那时我开始干护工还不到半年，遇到跟书里写的一模一样的事就觉得特别神奇。

还有一次深夜巡房时，一位睡得正酣的老爷子突然睁开眼，跟我说："坂本先生刚才来打了个招呼，他的身体还好吗？"坂本老爷子也住在养老院里，已经89岁了。当时我以为他睡蒙了，于是随便应付了几句。

可就在第二天，坂本老爷子突然病情加重，被送去了医院。

那两个人的关系也不见得有多好，我觉得很不可思议，又去问他。但他好像一点都不记得了，一直说："没那回事。"

每当此时，我就觉得自己进入了混沌空间***。

---

* **路易体失智症**：是一种出现幻觉、行动迟缓的帕金森病，其特征就是出现妄想等，不只是老年认知障碍症患者才会得的病症。老师教我们，当患者出现幻觉的时候，一定不能去否定他们，要去体会他们的感受并跟他们交流。事实上，如果否定患者的话，他们会觉得自己被轻视而发怒。

** **幻觉**：一般看到的多为小孩子、动物、身边会动的东西。其中有位老人看到的是鱼，经常对着某处空气喊："滚出去。"问他是什么鱼时，他说是鲷鱼、比目鱼。

*** **混沌空间**：认知障碍症的患者，某种意义上是处于一种混沌的状态。有人每天早上会问："你是哪位？"我们必须帮他们驱散笼罩在身上的那团迷雾。

一个月之后，室田老爷子就出于家里的原因，搬去了别的养老院。

我估摸着那两人也跟着老爷子去了新的养老院了吧。

某月某日

挑选养老院：

从入住方和院方的视角来看

国家财政的紧张导致护理认定标准越来越严苛。比如我朋友的父母，身体状况毫无起色，然而认定的护理等级却被下调了一级。

八年前母亲去世后，父亲也无法一个人生活了，于是我决定把父亲接来跟我们同住。因为我俩都要上班，只能先让父亲每周去日托护理中心待几天，并开始找养老院。

在找养老院之前，得先选一家日托护理中心。父亲擅长下围棋，他说必须得有棋搭子才肯去日托护理中心。

当时有个机构的负责人说："我们这儿正好有一个会下棋的。"于是我们就定了那家。可是父亲回到家后气呼呼地说："那儿确实有个会下棋的，但是一个只会下五子棋的老糊涂蛋。"

可合同都签订了，不能去一次就不去。父亲嘴上虽然一直抱怨"上当受骗"，但还是去了很长一段时间。现在想想也够委屈他了。

在那里，父亲不是翻开书打盹，就是一直盯着墙壁看。虽然是一家大型养老院里的日托护理中心，可事后听说风评并不怎么好。

有了那次失败的教训，我就想着挑养老院时一定要更加小心谨慎。

首先考虑离家近、价格在养老金承担范围内、入住条件等，然后去转了几家养老院。不论哪家养老院都有精美的宣传册和网页。翻书查阅了该如何选择养老院，结合实地考察后留下的印象以及从书上学到的知识，锁定了几家，并从中挑选三家报了名。

上百人排队等着进一个抢手的养老院根本不算件稀罕事。

就这样等了三年也没轮到，父亲就在医院去世了。

又过了许久，申请中的养老院里有两家来通知说有空位了。

我马上告知他们，父亲已经过世了。但令我惊讶的是两家养老院的反应截然不同。其中一家对父亲的去世表示了深切的哀悼，就像是当初面试时父亲的样子被尽数记录下一般，聊了许久有关那日父亲的往事。而另一家负责人只是简单地说了一句："哦，这样啊，那这边就取消您的申请了。"

事过八年，而今我就在养老院里工作，也意味着我拥有两个立场来看待养老院。

就我从双方立场所看到的养老院，来谈谈选择养老院时的几个关键点。

大多数养老院都会向参观者展示老人日常居住的房间，但这都是事先安排好的。可以让人参观的房间肯定是得到老人同意了的，就像是优等生的样板房。

如果可以的话，最好偷偷看一下其他老人的房间*。或许从隐私角度来说这么做不太好，但也有房门大开、老人也恰巧不在屋里的时候。

就算麻烦，也最好多去参观几次，好好观察一下住在里面的老人和工作人员。从他们的表情上多少能看出这家养老院究竟如何。

无须顾虑太多，直接问工作人员“这里到底怎么样？如果是你自己的父母，会送到这里来住吗？”，也不失为一个办法。令人意外的是，对机构体制、服务内容、待遇不满的员工会坦诚地讲出实情。

再从养老院的角度来说一下。

在面试时，院方不仅会观察入住老人的身体状况以及人品，还会重点观察陪同家属。

---

* **老人的房间**：老人的房间虽然差不多是同一种格局，但进屋后经常会觉得完全不一样。有些房间收拾得井井有条，而有些房间则乱到跟洗劫了似的。更匪夷所思的是，一个人的房间和其性格可以完全风马牛不相及。有位看似非常优雅的老太太，屋里乱得都没有地方可以下脚，着实令人惊讶。

看他们是不是为了摆脱负担*而将老人送进养老院的。老人住进来之后经常会有一些琐碎的需要商议的事，家属能否不厌其烦地配合处理。最重要的就是，能否按时支付入住费用。

听说有人会拖欠费用，所以我们养老院里负责入住面试的大岛院长和北村说，他们会把担保人的家庭情况、工作，以及跟老人的关系打听得一清二楚。

新冠疫情期间，养老院的经营陷入困境。为了预防感染，院里花巨资添置了加湿器和空调等新设备；按照市役所的指示，除了换气、消毒之外，为彻底预防传染，还暂停了包括日托护理中心在内的所有额外服务项目，这些都是造成经营压力的重要原因。

* **摆脱负担**：朋友所在的大型养老院里就发生过这样的事情。老人的亲戚说："如果交了钱，之后所有的事，包括葬礼都交给你们处理。"不仅把所有的事情都推给了养老院，之后还迟迟不支付费用。

某月某日

新冠之祸：

始料未及的大反转

新冠疫情在全国不断蔓延，而那时我所在的鹿儿岛还未出现感染者。有人说那是因为长年在樱岛火山灰里练就的肺；也有人说是因为当地的地瓜烧酒有杀毒功效；还有人说是因为当地人有吃生鸡肉的习惯，所以特别能抗病毒。这些令人啼笑皆非的谣言煞有介事般流传着。

不可思议的是，在出现感染者之后，护士和护工知道不少并没有公开的消息（某某町出现了感染者、某某活动被取消等）。

转念一想，他们获取消息的渠道也不少，很多护士和护工会同时在多家机构工作，与医疗相关者的联系也甚为密切，所以能在第一时间得到核心消息。虽然都得保密，但难保不会有人泄露一星半点。

在新冠疫情之前，（养老院）主要以预防流感病毒和诺如病毒为主，对病毒暴发后的应急处理进行过多次培训。但最近全都是应付新冠病毒的对策。

像我们这样只有十位老人的小规模养老院要避免“三密[1]”并不难。我们也在严格执行换气、消毒等措施。换气固然重要，但老人一着凉就会感冒，很难控制好室内的温度。

而且去参加婚丧嫁娶仪式，与外地人有过接触的员工，必须得在家隔离十天之后才能回来上班。

以前，护理器具公司的员工来送货时，会跟老人聊聊天什么的，现在只能把东西送到养老院的门口。其中有个帅小伙特别受老太太们的青睐，爱找他聊天的老太太现在都没机会跟他说话了，看起来非常失落。

北村嬷嬷行事依旧雷厉风行，一直说“一旦感染了新冠病毒，都得完蛋*”“再不听话的话，就会得新冠肺炎了”。用疫情威胁，吓唬老人和员工。

如果老人不肯洗手或者吃药，我就会把口罩拉到脑门上，模仿幽灵的样子，死气沉沉地说：“这就是不听话的后果。”虽然觉得有点玩过头了，但屡试不爽，一招就够。

有些老人的家里人一个月会来探望三四次；有些老人就像被“扔进了山里”似的，从未有人来探望。

老人们聚在大厅里。如果有家人来探望，那人就会表现出

---

* **都得完蛋**：那些老人中很多人曾因结核等疾病痛失亲人。正因为有此经历，他们对这次新冠疫情也惶恐不安。但是说“都得完蛋”就有点过分了。

高人一等的优越感，说话声也骤然变大；反之，那些孤寡老人就会一边咋舌，一边冷眼斜睨。

但疫情暴发之后，情形大变。因为限制探视，那些孤寡老人就会对常来家人的老人说：“最近你女儿女婿不来了呀。”语气如同反败为胜一般扬扬得意。

此外，看到别的养老院发生新冠病毒群体感染导致老人去世的新闻时，会有人再三跟我确认：“我们这儿不会有问题吧。”看上去莫名地开心。

有个85岁的老太太看到那家养老院似乎挺高级，好像更开心了，无比同情地说：“上了年纪的人就是死得快啊。”我看她倒是能活很久。

疫情之前，如果一直待在养老院里不出门，老人们肯定会觉得很无聊，所以偶尔会带他们出去走走，也会举办一些活动。但是在疫情发生之后，大家几乎足不出户。行走训练也只限于养老院的院子里。

行动不便、无法出门的老人似乎很高兴大家都没法出去的现状，说：“听说因为疫情，大家翘首以盼的赏花*活动被取消了呢。”这也是从未有过的情形。

有一次，一位正在看新闻的老人问我：“新冠火锅里都配些

---

* **赏花**：很多老人想到养老院之外去切身体验一下季节的变化，会特别期待赏花活动。只是随行的员工必须时刻关注无障碍厕所是否有空出来，根本无暇赏花。

什么菜？好吃吗？”我被问得一头雾水。当时电视上出现几个大字“新冠之祸”。

目前在我周围尚未听说有人感染新冠病毒。

最近大岛院长开始领退休金，他想慢慢减少工作量，于是去找老板商量，但被拒绝了。老板说：“因为现在受到新冠疫情的影响，请务必照常来上班。”

本就缺人手，还要应对新冠疫情，出勤排班就成了一个大难题。如果院长再减少出勤时间，就会增加其他员工的负担。老板果然英明睿智。

译者注

1　三密：日本预防新冠病毒传播的政策。指避开密闭空间、避开密集地方、避开密切接触。

某月某日

人称“师傅”：

谎话连篇

80岁的桐山藤十郎老爷子除了偶尔犯糊涂和右半身麻痹，平时看起来就是一个非常普通的老爷子。

只是他的性格呀，太随便了，做什么事都马马虎虎的。

在入住养老院一周之后，除了我之外，所有的同事都在质疑为什么会让他住进来。

不是早上睡过头，就是说些不着调的谎话；摸女员工的屁股；房间乱得就像个邋遢大学生的宿舍；有人进去打扫还发火。

他就是这么一个人，说实话我并不讨厌，正如刚才写的“除我之外”。我没同其他同事说，我跟他其实还挺聊得来的。

他说他是个“师傅”，收了很多徒弟，多达二十人。

藤十郎老爷子的朋友都跟我差不多年纪，经常带着各种东西去他的房间，放着爵士乐和摇滚乐*，十分尽兴。

他还会在晚上邀我一起看成人电影，在工作时间我当然拒绝了。

有一次上夜班，就只有我和藤十郎老爷子两个人时，我问道："你曾当过师傅？"

于是他拿出了一张照片，说是跟徒弟们的合影。

的确是一张三十人左右的大合影，他站在正中间。但我当下就发现了这是一张大巴旅游时拍的照片。除了举着导游旗的大巴导游之外，还有好几对怎么看都像是夫妻的游客。

但拆穿了又如何呢？

他虽然一把年纪了，但还是很健硕，体格也不错。身高一米七，才七十五公斤。银发微秃，年轻时应该很帅，长得有点像演员三国连太郎温和时的模样。

光看体格，我以为他是教武术的，但其实是教小孩子自创水墨画的。还曾有人出钱请他画过广告牌。至于是不是真的就不得而知了。

他讲话总是前后矛盾。之前说自己结过三四次婚，后来又改说一生只爱过两个女人，其中一个好像还是外国人。前脚刚

---

* **爵士乐和摇滚乐**：很多人觉得老人家只听怀旧歌曲、演歌或者童谣。但正如年轻人不只听摇滚一样，很多老年人也非常喜欢爵士、摇滚和流行音乐。我进这行工作之后，见过不少老人是这类音乐的忠实粉丝。

说了自己换过十三次工作，后脚又谎称开过四家公司。

同事们都不信他说的话，但我能感觉到他说的事里有些是真的。因为他说的那些事，不像其他老人那样是用来炫耀的，更多的是失败的教训。

对我来说，他是一个长在我笑点上*的幽默老头。

我觉得，干护工的好处之一就是可以聆听老一辈人的故事。不只有成功人士的奋斗史，有人还会说自己失败的经历，衰老之后带来的软弱与不安。我将这些跟自己一败涂地的人生一一对应之后，感触越来越深。

上了年纪，在葬礼上听和尚讲道[1]的机会也就多了。

最近遇到一位看着只有20岁出头的年轻和尚，讲道的内容与以往无异，但总觉得毫无说服力。

果然，和尚还是得有点年纪，声音浑厚，能起范儿的那种比较好。听年轻和尚讲人生道理时，经常会觉得“一个黄毛小子有什么资格讲大道理”。别人或许会觉得我“以貌取人”，这点我也不否认。与其听年轻和尚讲道，还不如听养老院里的老人讲故事。

藤十郎老爷子说曾在正月时节出售自制的门松和注连绳[2]，

---

* **在我笑点上**：我认为幽默感是在一个人出生和成长的环境中潜移默化地培养出来的。此外还跟对方的感觉和融洽度有关。藤十郎老爷子的幽默就正中我的笑点，所以跟他聊天觉得非常开心。

赚了不少钱。材料都是从山林田间里捡的。只是我觉得他所谓的“捡”更多的应该算是“偷”吧。

我之所以这么认为，是因为他总说：“还是以前好啊，大家都不斤斤计较。”

他的确非常心灵手巧，会用烟盒做鸡尾酒伞，会吹口琴，据说还拥有两项专利。我上网找了可以查询知识产权的网页，确有其名。他其实非常有才华。

我之所以跟藤十郎老爷子谈得来，还是因为他说他有阵子开过广告公司。正如之前提到的，我有拉广告的工作经验。

遗憾的是他开的公司没开几年就倒闭了，对这些事他都直言不讳。

他做的广告提案很受欢迎，据说其中有位客户是一家超市的老板，他把放在报纸夹页里的商品宣传单的印刷数量、预算和分配全权交由老爷子来处理。

超市的销量逐年上升，老板对他也越发信赖。渐渐地，他开始谎报印刷数量，并虚报了印刷费和报纸夹页费用的金额。这么连着干了几年，他说仅是这一家公司就有一笔不菲的收入。

我听他若无其事般地讲述着往事，不免暗自嘀咕：“这是犯罪吧？你究竟是何方妖孽？”

“但还是被公司发现了。”

看，果不其然。

“怎么被发现的？”

“唉，当时太嚣张了，有个村子的报纸里完全没塞宣传单。我想那么远的村子，肯定不会有人特地跑到市内超市去买东西。”

“然后呢？”

我等着下文。

“也是倒霉，那家超市里有个员工的老家就是那个村的。有次回老家做法事，说起了在报纸夹页里有他家超市的宣传单，老家的人说从来没看到过宣传单。就这样，我的小伎俩便暴露了。”

说得就像不关他的事一样。

“原来如此……”

“哎，可老板真的是个大好人。他感谢我所设计的别具一格的宣传单*令超市的业绩不断上升。还说他们公司的监督体制太过松懈也是不可推卸的原因之一。他鼓励我重新振作，继续加油。”

“可还是倒闭了呀。”

该不会是藤十郎老爷子在老板的宽大处理下，又重操旧业

---

* **别具一格的宣传单**：我在广告行业待过一段时间，多少有点了解。夹在报纸里的宣传单，会将同一尺寸宣传单折叠在一起，不感兴趣的人会直接将那一沓宣传单都扔掉。那时我就会做常规尺寸之外的宣传单，只为留住客户一点眼角的余光。

了吧?

如此一来，我觉得就不能把藤十郎老爷子简单地归为“有趣的人”了。凡事都得有个底线。这已是为人处世的道德问题了。他要是在养老院里干坏事就麻烦了。

“小城镇的广告界和印刷界的圈子特别小。流言蜚语很快传开，超市的其他领导知道了这件事后，我就在老家混不下去了。我也稍稍自我反省了一下*。人生是很难一帆风顺的。”

听罢，一颗悬着的心终于放下了。

三天两头跟人说他那些令人无语的往事，或许也算是他的一种自我炫耀吧。

我觉得能在工作中看到人类的可怜、软弱、贪婪的部分也十分有意思。

某种意义上也成了反思自我现状的契机。我总觉得眼前的老人就是未来的镜子，能映照出现在依旧不完美的自己。

---

* **稍稍自我反省了一下**：虽然我觉得按常理来说他应该深刻反省，但我更喜欢他那种坦率而随意的性格。这种性格在他的言辞中隐约可见。大概这就是所谓的合拍吧。

译者注

1　听和尚讲道：日本佛教葬礼的一个环节，超度和尚会在法事上为前来参加葬礼的人讲道。

2　门松和注连绳：日本元旦期间用来装饰门口的传统摆设。门松由松树、竹子、稻草等组成，用来迎接神灵，祈求一年平安繁荣。注连绳是一种用于装饰和祈福的神圣绳子，由稻草编织而成，并装饰白色纸片。

后记

为什么一直在当护工？

至此我记录下了形形色色的老人。其中有些人会显得十分“有趣滑稽”。随着人的衰老会出现认知障碍等症状，会有许多意想不到的好玩举动*。

肯定有人会批判，说：“作为一个护工，如此对待老人，太失礼了。”

如果让养老院里的老人和有关人员来评判的话，或许会被视为不谨慎。

还会遭到其他护工的批判，说：

“你根本就没把护理工作当回事，会让人误以为护理是份轻松的活儿。你压根儿都没提到‘弄便’的话题。”

所谓弄便，正如字面所指，就是玩弄大便。

---

* **好玩举动**：有些年轻的护工对患有认知障碍症的老人所表现出来的行为较了真，无法一笑了之，给自己造成了巨大的压力，不得不辞职。他们还嘲笑我说：“我没法像真山先生那么随便。”

随着认知障碍症状的加重，人们对排泄的意识会越来越模糊。在尿不湿里排泄时，会因为不舒服或者羞耻感，就用手去把大便掏出来并且想藏起来，于是会将一手的污秽往衣服上或墙上抹。

就目前而言，我尚未碰到老人有弄便行为。

可能还会招来一顿责骂："看，就凭这点经验还敢来谈护理工作的现状，还嫩着呢。"

或许的确如此，但我还是想说。

每天要沉重地面对他们的"衰老"和"认知障碍症"，我们的内心根本就招架不住。我是真的觉得不添点乐子，这份工作很难坚持干下去。

除了护理行业之外，我也与各种各样的人打过不少交道。偷奸耍滑的工作多少也干过，还被人骗过。认识的人里有一些还连夜潜逃了，甚至还有人选择了自杀。

很多护工有比我更丰富的经验、业绩、知识。在这个行业里既有拥有数十年经验的人，也有20岁就拿到介护福祉士的人，这些都是我望尘莫及的。

但论世事沧桑、失败过往，我定是不遑多让的。

本书中提到过我的伯母，直到临死前都一直觉得在养老院里工作的男护工很可怜。她无法理解身为一个大男人，却要为别人擦屎擦尿。

她私底下偷偷跟我说："难道就真的找不到其他的工作了吗？"

如果让她看到我现在这样，会做何感想呢？

表面上虽说职业不分贵贱，但众所周知，在一般的社会意识中并非如此。

在孩子们最想从事的"热门职业排行榜"里，从未听说护工能与"油管"博主*、职业棒球选手、公务员和IT工程师相提并论。以后也肯定不会。

即便如此，我依旧在干这个不受欢迎的工作。工作时发生多少意外我都不会惊讶。老人的暴言暴行和上司的压迫我都能忍受。

我想这还得归功于社会对我多年的鞭笞。

没人愿意处理他人的屎尿。

那为什么我还在干这份工作呢？

当然是生活所迫啊。

可转念细想，其实也跟我爱侃大山的性格有关。倾听老人们讲述他们的人生，无论是真是假，我都愿意跟他们聊。我很开心能从中触碰到他们的人生。

---

* **"油管"博主**：最近听说YouTube视频网站活跃着一批老年博主。他们有充裕的时间，再加上阅历丰富、口才了得，因此能够展现出与年轻人不一样的风格。只是必须得身体健康、头脑清晰。

我绝对算不上是个优秀的护工，但我觉得有一个像我这样的护工也未尝不可。

再过几年，我也会成为所谓的老年人。

迄今为止，我的人生充满了遗憾和反省。即便如此，我也从未有过一丝的后悔。因为在人生的所有阶段我都在拼尽全力地活着。

所以这份工作我也会继续好好干下去。

真山刚

2021年3月

图书在版编目（CIP）数据

养老院护工日记 / (日) 真山刚著；李奕译.
天津：天津人民出版社, 2025. 8. -- (50岁打工人).
ISBN 978-7-201-21294-4

Ⅰ. I313.55

中国国家版本馆CIP数据核字第2025Y1483K号

著作权合同登记号 图字：02-2025-101号

养老院护工日记

YANGLAOYUAN HUGONG RIJI

出　　版　天津人民出版社
出 版 人　刘锦泉
地　　址　天津市和平区西康路35号康岳大厦
邮政编码　300051
邮购电话　022-23332469
电子信箱　reader@tjrmcbs.com

未读 | 纪实

选题策划　联合天际·文艺生活工作室
责任编辑　康嘉瑄
特约编辑　邵嘉瑜
美术编辑　程　阁
封面设计　喂！vee

关注未读好书

制版印刷　河北鹏润印刷有限公司
经　　销　新华书店
发　　行　未读（天津）文化传媒有限公司
开　　本　787毫米 ×1092毫米　1/32
印　　张　6.5
字　　数　114千字
版次印次　2025年8月第1版　2025年8月第1次印刷
定　　价　45.00元

客服咨询

本书若有质量问题，请与本公司图书销售中心联系调换
电话：(010) 52435752